光文社文庫

旅は道づれ　きりきり舞い

諸田玲子

KOBUNSHA

社

目次

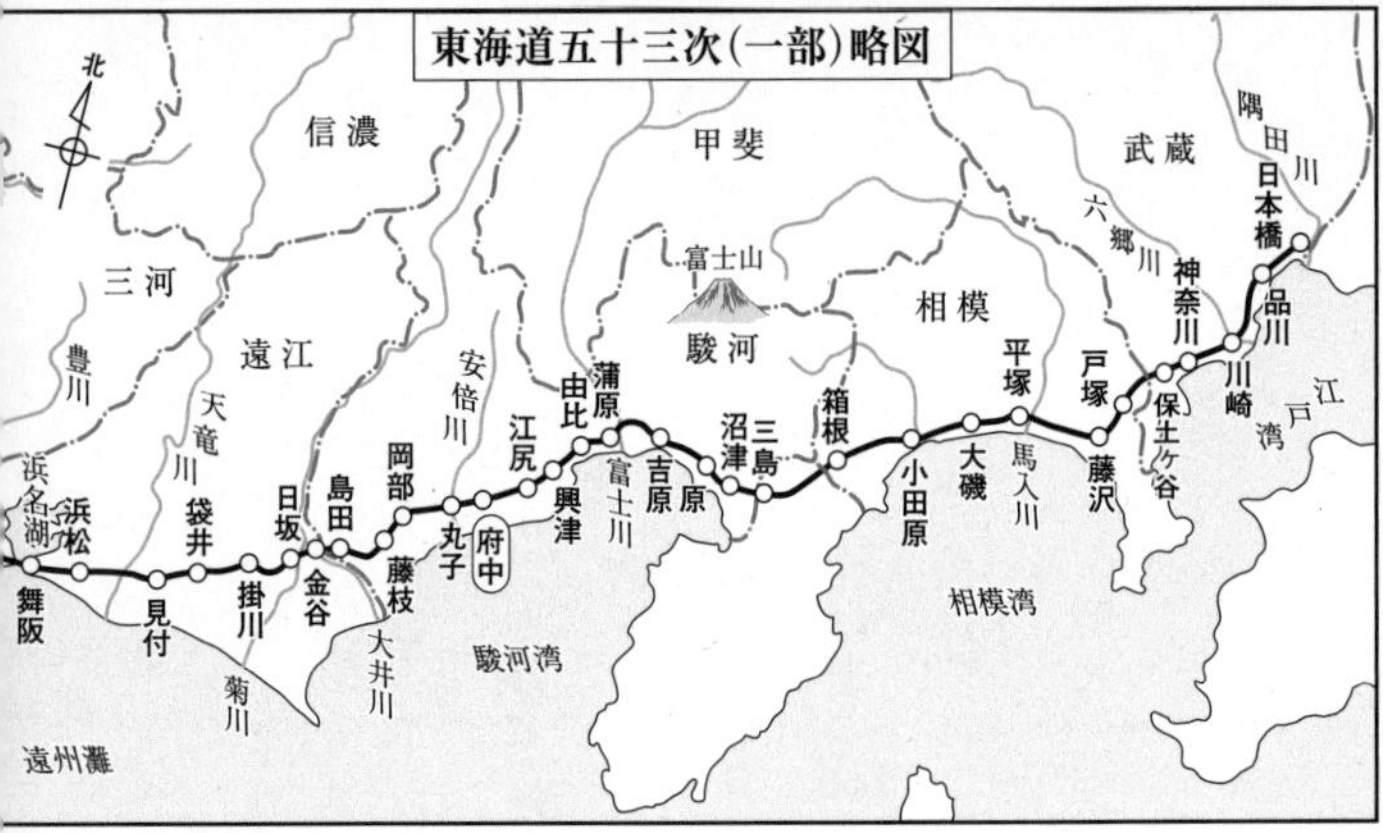
東海道五十三次(一部)略図
北
信濃
甲斐
武蔵
隅田川
日本橋
六郷川
富士山
三河
相模
品川
神奈川
駿河
遠江
豊川
安倍川
平塚
戸塚
蒲原
箱根
川崎
江戸湾
天竜川
由比
沼津
三島
保土ケ谷
江尻
大磯
馬入川
藤沢
岡部
吉原
原
富士川
小田原
浜名湖
浜松
袋井
日坂
島田
興津
丸子
府中
金谷
藤枝
掛川
見付
舞阪
大井川
菊川
駿河湾
相模湾
遠州灘

『旅は道づれ きりきり舞い』の舞台
北
向柳原
和泉橋
神田川
浅草橋
御竹蔵
柳原通
浅草御門
柳橋
御蔵
両国広小路
両国橋
国豊山
回向院
馬場
内神田
馬喰町二丁目
(錦森堂)
(葛飾北斎の建てた家)
亀沢町
本所
門前町
松坂町一丁目
松坂町二丁目
通油町
(十返舎一九の家)
(勘弥姐さんの稽古場)
尾上町
竪川
小伝馬町
稲荷
日本橋
森下町
新大橋
日本橋室町
松島町
隅田川
小名木川
大工町
深川
江戸橋
日本橋

旅は道づれ　きりきり舞い

扉挿画／村上　豊
扉デザイン／泉沢光雄

おどろ木、桃の木

一

曰《いわ》く言い難し——とは、こういう気分をいうのかしら。

舞《まい》は覚めやらぬ目で、朝ぼらけの空を眺めていた。

今井尚武《いまいしょうぶ》との祝言《しゅうげん》が迫っている。嫁《い》き遅れに片足をつっこんでいる舞としては、年が明ける前に、ひとつでも若いうちに、と切実な思いであわただしく決めた祝言だった。

うれしい。ほっとしている。ためらいも後悔もない。そうなのだけど……。

小町娘ともてはやされて玉の輿に乗ることを夢見ていた自分が、父の押しかけ弟子で、出会ったその日から厚かましくも勝手に許嫁《いいなずけ》を決め込んでいた尚武と夫婦になる。しかも、これまでと代わり映えもなく、この家で同じような毎日がつづいてゆく。

おお。現実とはかくも味気ないものか。

師走《しわす》の風は冷たい。クシャン、とくしゃみをしたとき、階下ですさまじい物音がした。あわただしく階段を駆け上ってくる足音も。

「母ちゃんッ」

丈吉《じょうきち》だ。舞の父、十返舎一九《じっぺんしゃいっく》が旅籠《はたご》の女に産ませたとおぼしき男児は、すったもんだの末に一九の身代わりを買って出た尚武の子として育てられている。となれば舞が母と呼ばれるのもいたしかたなかったが……。

まだ祝言も挙げていないのに――。

舞は恨めしげに目をむけた。

「朝っぱらから、今度は、なんなの？」

奇人だらけのこの家では平穏な一日などめったにない。

「祖父《じい》ちゃんと祖母《ばあ》ちゃんが喧嘩してる」

一九は『東海道中膝栗毛《とうかいどうちゅうひざくりげ》』で大当たりをとった戯作者《げさくしゃ》だが、大酒呑みの不摂生が祟《たた》って中風《ちゅうふう》を患っていた。素面《しらふ》だと無口で真面目なのに、酒が入ると傍若無人で手がつけられない。さらに酔っぱらえば陽気になってやたら大盤振る舞いをするという、そもそもが傍迷惑《はためいわく》きわまりない男だ。しかも近ごろは思うように筆が進まないせいか、二六時中《にろくじちゅう》なにかに当たりちらしている。

後妻のえつは、とうに奇人の女房の身の処し方を習得していた。夫の癇癪《かんしゃく》など平気の平左。というわけで、一九もひとしきり荒れ狂ったあとは、酔いつぶれて寝てしまうか、独り相撲に嫌気がさしてぷいと出かけてしまうか。

「放っときなさい。今にはじまったことじゃなし」

「けど、そこらのもんを投げてるよ」

「お父《と》っつぁんが手当たり次第に物を投げるのはいつものことなの」

「祖母ちゃんも投げてる」

「あれま、よほど頭にきたんだわ。いいのいいの、やらせときゃ」

頭痛封じの米粒をこめかみに貼りつけてため息をついているより思いっきり抗戦した方が、えつだって気晴らしになるはずだ。

「巻き添えをくわないように、丈吉ちゃん、お外へ行っといで」

「ウン。なんだ、母ちゃん、怒らないんだね。母ちゃんのべべがあったから、おいら、知らせとかなきゃと思ったんだけど」

舞ははっと耳をそばだてた。

「べべ……べべって、衣桁《いこう》にかけてた……もしや、あたしの白無垢《しろむく》じゃないでしょうね」

祝言に着るつもりの衣装は、一九ゆかりの旗本家から贈られたものだ。

「祖母ちゃんがべべを見せたら祖父ちゃんが怒りだして墨を投げた。真っ黒になっちゃったんで祖母ちゃんが怒ってべべを投げ返した。そしたら祖父ちゃんの顔にひっかかって、墨だらけの祖父ちゃんがわめきながら袖をひきちぎった。それで祖母ちゃんが金切り声をあげて……」

最後まで聞いてはいられなかった。舞は血相を変えて階段を駆け下りる。

居間へ駆け込んだときにはもう戦闘は鎮まっていて、一九とえつは夢から覚めたような顔で、かつてはかがやける純白だったこともある黒いかたまりを眺めていた。

「お父っつぁん、おっ母《か》さん、よもや、それはあたしの……」

仁王立ちになったまま、舞は声をふるわせた。それ以上は言葉も出ない。

最初に我に返ったのはえつだった。泣きそうな顔で両手をつく。

「ああ、どうしよう。ごめんよ舞、許しとくれ。お父さんがあんまりわからないこと言うもんだから、つい、カッとなって……」

「わからんのはおまえだッ。あの家とはとうに手を切った。着物なんぞもらう筋合いはないいッ」

「こっちはそうでも、むこうはせっかく気をまわして……」

「よけいなことを言うからだッ」

「あたしが言ったんじゃありませんよ。どこからか聞き込んで……」

「なぜ、つき返さんッ」

「そんなこと、できるもんですかッ」

「いいかげんにしてちょうだいッ」舞は地団太を踏み、自分でもびっくりするほどの大声を出した。「これは、あたしが、いただいたもの、なんだから。あたしのもん、こんなにしちゃって、どうしてくれるのよッ」

言い終わると同時に飛び出していた。怒り心頭とはこのことである。井戸端へ駆けてゆき、冷たい水でじゃぶじゃぶと顔を洗う。頭から出ていた湯気が多少なりともおさまるのを待って、となりの朝日稲荷《あさひいなり》へ小走りに駆けた。

稲荷の祠《ほこら》に鎮座しているのは眠たげな顔の御狐様で、たいしてご利益《りやく》があるようには見えない。それでも手を合わせれば、腹立ちが鎮まって、この最悪の事態に対処するすべが見つかるかもしれない。

白無垢をとどけてきた旗本家とは小田切《おだぎり》家である。亡き先々代の土佐守直年《とさのかみなおとし》は一九の実父だった。庶子の一九は駿河《するが》で生まれた。生母の死後、小田切家へ引き取られたが、おそらくそこで暮らした若き日々は不本意なことが多々あったのだろう。大坂赴任中に武士を棄《す》てた。そのくせ父親が亡くなるまで、陰の耳目《じもく》となって働いていたらしい。小田切家に対する一九の感情が複雑にもつれているのは、舞も知らぬわけではなかった。

「奇人、気まぐれ、きりきり舞い……」

いつものおまじないを唱えながら歩く。

祠が見えるところで足を止めた。

尚武が丈吉に竹刀《しない》をにぎらせて剣術の型を教えている。寒中だというのに手拭で汗をぬぐっているのは、丈吉が来る前から独りで稽古をしていたのか。

尚武は朝稽古を欠かさなかった。そもそも尚武が故郷の駿府《すんぷ》から江戸へ出てきたのは父親の仇討のためで、この件はすでに決着がついている。が、先ごろ、一九を助けるために狼藉者と渡り合って大怪我をしてしまった。深手を負った左肩だけはいまだ癒えず、剣がつかえない。剣術はもう無理だと医師から宣告されていたはずだが……。

「おう。舞どのか」

尚武は右手を掲げた。

「白無垢のことなら丈吉から聞いた。ま、ここへ……」

尚武は丈吉に稽古の中断を告げ、丈吉が地面に絵を描きはじめるのを待って、舞と石段に並んで腰を下ろした。

「舞どのが腹を立てるのはもっともだが、先生のお気持ちもわからんではない」

「だからといって……」

「上手くいっておるときならともあれ、今、先生はにっちもさっちもゆかず、あがいておられる。そんなとき、これみよがしに白無垢を贈られたのでは、ますます先生のお立場がのうなる」

「立場なんて、とうにありゃしませんよ。ウチは火の車、どこを叩いたって、あんな上等な白無垢をあつらえるお金なんて出ないんだから」

「それが、そうでもないのだ」

一九は、自分がもっていれば呑み代《しろ》になってしまうからと、懇意にしている書肆《しょし》、錦森堂《きんしんどう》の森屋治兵衛《もりやじへえ》に娘の嫁入り資金を預かってもらっていたという。もっともそれは一九が書きまくっていた数年前のことで、それからずるずると借金を重ねているから、治兵衛の手元にそっくり残っているとは思えない。

とはいえ、治兵衛とは長いつきあいだ。

「あの親父は舞どのにぞっこんだしの、知らん顔はできまい」

「ぞっこんどころか……今度はいくら借金を頼まれるかって、あたしの顔を見るたびに怯《おび》えてますよ」

「会所で踊りの稽古ができるよう、掛け合《お》うてくれたのも森屋だぞ」

「それは……そうすれば借金が減る、と思ったんでしょう」

舞は幼いころから踊りを習っていた。寿引退をした師匠の勘弥姐《かんやねえ》さんから名跡《みようせき》をうけつぎ、細々とではあるが踊りを教えて生業《なりわい》としている。これまでは本所尾上町《ほんじよおのえちよう》の稽古場まで通っていたが、尚武との結婚を機に、地本《じほん》会所の一隅を稽古場に借りる話がついていた。一九の一家は会所の敷地内にある借家で暮らしている。

「だとしても、森屋にも多少の男気は残っておったようだ。先生は舞どののお師匠の嫁ぎ先、八幡屋《やわたや》へ相談に行かれた。なんとか工面する話がついておったそうだ」

勘弥姐さんは日本橋の呉服商、八幡屋に嫁いでいる。

では一九は、妻や娘には内緒で、白無垢をあつらえようとしていたのか。ところが小田切家は、なんの相談もなく、遙かに豪奢《ごうしや》な衣装をとどけてきた。となれば、一九がへそを曲げるのも無理はない。

「だからって、なにも、墨まみれにしなくたって……」

口ではまだ文句を言いながらも、舞の怒りはおさまっていた。

「姐さんなら見栄えのいい白無垢をあつらえてくれるはずだけど……それにしても、あの総しぼりの、極上の鹿の子《かのこ》の、あーあ、もったいない」

「つかえるとこが残っておるやもしれぬ。せめて赤子のものに」

「赤子？」

「舞どのとおれの子だ。丈吉だけでは寂しかろう。じゃんじゃん子を作って……」

「やめてください、祝言もこれからだっていうのに。あたしはね、踊りを教えて稼がなきゃならないの。お父っつぁんのことだってあるし。このままじゃ一家離散の憂き目にだってあいかねませんよ」

「心配無用。一人口は食えぬが二人口は食えるというではないか」

「ウチは五人口です」

「おっと、口、で思い出した。祝言には駿河からも縁戚連中が駆けつけてくれるそうだ。花嫁どのの顔を見たいらしい」

「縁戚、連中……何人で？」

「ま、三、四人といったとこだろう。よろしゅう頼む」

二

両国橋《りょうごくばし》の上はいつもながら忙しく人が行き交っていた。

「へい、じゃまだじゃまだ」「う、痛《いて》ェなァ、どこ見て歩いてやがる」「どけどけ、ぶつかるぞ」「あっと、手を離すんじゃないって言ったろ」……師走という季節がら、足どりばかりでなく掛け合う声も気ぜわしい。

「まったく、とんだことになっちゃった。そりゃね、せっかく遠くからいらしてくださるんだし、できるだけのことはしてさしあげたいわよ。けど、家族だけでもひもじい思いをしてるってのに、三人も四人も、いったいどうやって食べさせたらいいっての？」

早足で歩きながら、舞は遅れがちについてくるお栄《えい》にむかってまくしたてていた。

本所の勘弥姐さんの旧家を訪ねた帰りだ。姐さんが八幡屋へ後妻に入ってからは舞がそのまま稽古場としてつかわせてもらっていたのだが、このたびの結婚を機に、住まいのある会所内へ稽古場を移すことにした。そこで姐さんは家を売り払うことに決め、今日は最後の片づけがてら昔話に花を咲かせていた、というわけだ。

「正直なとこ、一九先生のおアシじゃ片袖くらいの分にしかならないけどね。いいのいいの、白無垢はあたしからのご祝儀ってことで……」

姐さんは祝言の前日までに白無垢をとどけてくれるという。

この日は、お栄もいっしょだった。姐さんから同じ本所にいるお栄にも声をかけたと聞いてはいたものの、舞はお栄が来るとは思わなかった。火事や地震ならいざ知らず、お栄が旧交を温めるために絵筆を置いて家を出るなどありえない。ところが驚いたことに、お栄はやって来た。自分から話をするわけでもなく、にこやかに相槌《あいづち》を打つわけでもなく、四角いあごに細い目の女はいつもながらの無愛想な顔でただ座っていただけ。しかも今、なにを思ったか、舞といっしょに歩いている。

お栄は葛飾北斎《かつしかほくさい》の娘だ。絵師としても奇人としても北斎は当代一と評判である。お栄もその両方で父ゆずりの才を発揮していた。先ごろまで幼なじみの舞のもとへころがり込んでさんざんにひっかきまわしていたと思ったら、突然、家を出て、今は本所亀沢町《かめざわちょう》の父の仕事場で絵を描きまくっている。

「だいたいね、今井さまの厚かましさときたら絶品でしょ、その縁戚連中というんだからきっと……と、お栄さん、もうこのへんでいいわよ」

舞は振りむいた。風呂敷包みを腕にかかえたお栄は、聞いているのかいないのか、黙々とあとにつづいている。そもそも、お栄がなぜついてくるのかわからなかった。お栄の住まいは反対方向にある。

「ねえ、お栄さん、送ってくれるつもりならもう……」

「フン。だれが」

「じゃ、どこ行くの？」

「どこだっていいだろ」

「そりゃま、そうだけど……ええと、その、包みは？」

「絵筆、と、墨」

「そうか、なにか描きたいものがあるのね。今、なに描いてるの、亀？　ミミズ？」

「人」

「へえ。めずらしいわねえ。て、まさかまた枕絵じゃないでしょうね」

舞はぎょっとした。裸を見せるのはこんりんざいごめんだ。

「人の顔」

「そう、それで両国橋ね。けど、今からじゃ、すぐに暗くなってしまうわよ」

「ぎゃあつくうるさいねえ。いいから、とっとと歩く。ソレ」

いつものことだった。お栄にはなにを言っても暖簾《のれん》に腕押しだ。

橋を渡りきり、両国広小路《ひろこうじ》をぬけても、お栄は帰ろうとしなかった。汐見橋《しおみばし》を渡り、通油町《とおりあぶらちょう》へさしかかってもまだ……。このまま行けば地本会所、ということは舞の家である。

「お栄さん、もしやウチへ来るつもり？」

「フン」

「ええと、あの、お父っつぁんに、なにか用事でも？」

お栄はきっぱりと首を横に振った。

「だったらええと、ええと、それじゃァ……」

「おまんま、厄介だから」

本所の仕事場に北斎はいない。引っ越し魔だから居所は不明だ。お栄の母はとうに亭主に愛想をつかして、実家に近い深川亀久町《ふかがわかめひさちょう》の小家《しょうか》で暮らしている。思うぞんぶん絵を描こうと本所へ帰ったはよいが、独りでは食事をつくるのも億劫で、しかも後片づけなど端《はな》からする気のないお栄だから、いよいよ困り果てて、またもや舞の家に舞い戻ることにしたのだろう。そう思って眺めれば、四角いあごが心なしか貧相になったようにも見える。

お栄は、身勝手なお栄は、それでいいかもしれない。けれどこちらは——。

「もしかして、それは、またウチに住むってこと？」

「そ」

「だけど、あたしは今井さまと祝言を……」

「川の字に寝ようってんじゃないんだ」

「あ、当たり前でしょ。二階はあたしたち夫婦の新居に……」

「部屋ならいくらもあるだろ」

「そうだけど……」

以前は二階の舞の座敷でお栄も寝ていた。これからは尚武が仮寓《かぐう》していた会所の一隅を踊りの稽古場にして、新米夫婦は二階で暮らすことになっている。もちろんだだっ広いので、階下にもつかっていない座敷はあるものの……。

「でも、祝言もあるし、駿河からお客も……。そうよ、がやがやうるさくて、お栄さん、絵を描けないいんじゃないかしら」

「ちょっとのあいだだ。がまんしてやるよ」

がまん……居候《いそうろう》のくせにと眉をひそめはしたが、お栄が横柄なのはいつものことだ。いちいち腹を立てていては、腹がいくつあっても足りない。

「わかったわ。だったらお栄さん、丈吉ちゃんの相手をしてちょうだいね。なんでだか、あの子とは気が合うようだから」

「フン」

先のことを考えるのはやめにした。奇人の父に加えて奇人の夫を持とうというのだ、奇人の同居人がもう一人、増えたところで驚くにはあたらない。

奇人気まぐれきりきり舞い……舞は胸の中で災難除《よ》けのおまじないを唱える。

会所の門をくぐったところで目をみはった。箱荷物や風呂敷包みを肩に背負った老若男女の一行が、物見遊山よろしく四方をきょろきょろと見まわしている。

駿河からやって来た尚武の縁者だろうと舞は思った。

「遠路、ようお越しくださいました。十返舎一九の住まいはあちらです。ささ、どうぞ、旅装を解いてお休みください」

声をかけると、一行ははじかれたように駆け寄ってきた。全部で五人。

「そんならあんたが舞さんかいね」

「よう似とるねえ、おっ母さんに。お民《たみ》さんも別嬪《べっぴん》さんじゃったたっけよォ」

「ンだンだ。もうちぃっと生きてりゃ、こげん立派なお屋敷で、今をときめく十返舎一九先生の内儀《おかみ》さまだったたっけがねえ」

どこかがおかしいと舞は気づいた。

「あのう、皆さんは、どちらから……」

「どちらって、高萩村《たかはぎむら》に決まっとるわい。お民さんはお父っつぁんに連れられてなんべんか帰って来ただけだども、お父っつぁん、あんたのお祖父さんにゃ在所じゃもの」

「……そうでしたか。おっ母さんなら、あたしがまだ物心もつかないうちに死んでしまったんで……在所のことは知りませんでした」

舞の生母は舞を産んでほどなく死去している。幼い子供たちをかかえて八方ふさがりになった一九は、えつの家へころがり込んで、そのまま亭主になってしまった。

そんなわけで、舞は生母の身内についてなにも知らない。

「では、皆さんは、あたしの母方の親戚というわけですね」

舞が言うと、一行は困ったように顔を見合わせた。

「親戚、ちゅうわけじゃァ……在所がいっしょ、というだけで……」

「何年か前に一九先生がおいでたときに、いつでも訪ねて来いとおっしゃってくだすったんだわ」

「へえ。そんで、お嬢さんが華燭《かしょく》の典を挙げなさる、ちゅうことをたまたま江戸から帰った衆から聞いて、こりゃァええ、おらっちも生きてるうちにいっぺんくらい、お江戸見物てのをしてェもんだっちゅうて話がまとまり……」

舞は眩暈《めまい》がしてきた。では、この人たちは、祝言にかこつけて物見遊山をしようというのか。母方の在所の人間というだけで、会ったこともない、名前すら知らないこの人たちを、客人として家へ泊めなければならないのか。

ああ、なんということ――。

追い返したいところだが、無垢な笑みを浮かべている一行を邪険にはできない。いつでも訪ねて来いと誘ったのは一九なのだから。それに舞も、生母の話を聞きたかった。

「では皆さん、こちらへいらしてください。お栄さん。おや、お栄さんは……」

お栄はとうに姿を消していた。今ごろは勝手に家へ上がり込んで、大きな顔で絵を描きはじめているにちがいない。

とにかく、祝言を終えるまでは波風を立てないように……。

「さァ、中へどうぞ」

「おったまげたやァ。だだっ広い家でねえか」

「ここは会所のもので、お父っつぁんはお情けで借りている……」

「一九先生がお大尽、ちゅうのはほんとだっけだなァ」

「お民さんも生きてりゃ玉の輿に乗っとった、ちゅうことじゃ」

「やれ、お民さんのぶんも遠慮なく、サ、上がらせてもらうべや」

だれも舞の説明など聞かない。

がやがやとにぎやかな一行を玄関へ押し込んで、舞は夕餉《ゆうげ》の算段をはじめた。

三

翌日、駿河からの一行も到着した。こちらは四人。尚武の父が非業の死を遂げたあと、尚武を預かっていたという商人《あきんど》夫婦と手代、女中の一行である。

それだけではなかった。小田切家から知らせをうけたとかで、かつて一九の養育にたずさわり、その後は王子村《おうじむら》の庄屋へ嫁いだ女の息子というのが、この機会に著名な一九先生の尊顔を拝みたいと在所の仲間二人をつれてやって来た。

先生先生と持ち上げられて一九はまんざらでもなさそうだが、十人を超える客を迎えて、えつと舞は頭をかかえた。木賃宿ならまだしも、寝具や茶碗まであつらえなければならない。大食いのお栄もいる。これではあっという間に米櫃《こめびつ》が空になり、祝言がはじまる前に共食いになりかねない。

結局、毎度のことながら、見るに見かねた森屋治兵衛があちこち駆けまわって寝具や茶碗を集めてくれた。もちろん治兵衛といえどもこれだけの人数の腹を満たすほどの援助はできなかったので、尚武が、小田切家の元用人で麴町《こうじまち》の隠居と呼ばれる老人に泣きつき、一九に内緒で金子《きんす》を借りうけてきた。

それにしても、お国なまりが飛び交ってなんとも姦《かしま》しい。昼間は江戸見物に出かけているからいいようなものの、夜になれば毎夜のごとく一九とどんちゃん騒ぎ。興奮した丈吉が駆けまわり、尚武があとを追いかける。娘の祝言がひかえているからがまんしているものの、もしそうでなければ、えつもとうに匙《さじ》を投げて酒瓶をかかえこんでいたにちがいない。そんな中、お栄だけはまわりの喧噪もどこ吹く風、人の迷惑もかえりみず、片っ端から客をつかまえては顔を描かせてもらっている。

「ねえ舞。あそこに座ってるご老人だけど……どこの、なんてお人だったかしらねえ」

えつが舞の耳元に口をよせてたずねたのは、祝言前日の夕方だった。

台所から茶の間が見える。えつが目で指し示したのは、白髪の総髪に白いあご鬚《ひげ》、縞の小袖に裁着袴《たつつけばかま》といったいでたちの小柄な老人だった。子猿のように愛嬌のある顔はしわもなくつやつやかで、にこにこと柔和な笑みを浮かべている。

「門で出会ったご一行の中にはいなかったわ。駿河のお人かしら。あ、でも今朝は王子村の人たちと出かけて行ったわよ」

「それなら小田切家ゆかりのお人かねえ」

「変ねえ。あとから追いかけてきたのかしら」

「だれかに訊《き》いてみとくれ。粗相があるといけないから」

二人はもう一度、茶の間へ目をやった。

老人は一九と談笑している。ウマが合うのか、一九はとびきり愉しそうだ。

「やれやれ、明日は祝言、これでようやく肩の荷がおりますよ」

「そうね。でもまだ安心できないわよ。お父っつぁんの機嫌がいつまでもつか」

「一世一代の大事な娘の祝言だもの、終わるまで神妙にしてるんじゃないかねえ」

白無垢を墨で台無しにしてしまったことに良心の呵責《かしやく》を感じているのか、あれから一九は面倒も起こさず、客にも愛想よくふるまっていた。客は田舎から出てきた者たちばかり、大先生とおだてられれば、一九としても機嫌のわるかろうはずがない。

けれどこれは、客をダシにして酒を思うぞんぶん呑んでいるからで……。二六時中、酒びたりの一九が、いつ、どんな馬鹿騒ぎをはじめるか。嵐の前の静けさながら、舞の不安はいや増すばかりだ。

「ま、心配してもはじまらないわね。夕餉の仕度をしちゃいましょ」

「わるいねえ、花嫁を働かせて」

「いいのいいの。玉の輿に乗っかって落ちやしないかとひやひやして暮らすより、おっ母さんとおさんどんしてる方が気楽だわ」

母と娘は中断していた仕度に取りかかる。

「なにはともあれ、おまえが遠くへ嫁がないでくれてよかったよ。市次郎《いちじろう》におまえまでいなくなったら、あたしゃ心細くて……」

舞の兄の市次郎は一九の知り合いの本屋で見習い奉公をしていたが、その後、大坂の本屋に招かれ、今は手代として働いている。大坂は一九が若き日々をすごしたところだ。最初の結婚で入り婿に迎えられた大店《おおだな》の材木商もあった。えつは継母ながらも市次郎を幼な子のときから育ててきた。大坂行きに反対だったが、一九は強引に話を決めてしまった。我が身を削って戯作に励み、名は知れ渡っても暮らしはいっこうに楽にならない……。苦しみあがいてきた己の二の舞を、息子にだけは演じさせたくなかったのだろう。

「大丈夫。あたしはお父っつぁんやおっ母さんのそばを離れませんよ」

「うれしいことを言ってくれるねえ。だけど、ほんとに、いいのかい」

「いいって？」

「今井さまですよ。気心も知れてるし、お父さんも気に入ってる。けど、あの怪我だ、あれじゃァこの先、おまえが苦労を背負《しょ》いこむんじゃないかと……。今ならまだ間に合う、祝言なんか、取りやめにしたっていいんだから。ね、そうおしよ」

舞はとたんに眉をつり上げた。

「おっ母さんッ、よくもそんなことが言えたものね。今井さまはお父っつぁんの命の恩人ですよ。これからだっていなくては困るお人なんだし……。今になってそんなこと言うなんてッ」

えつはフフフと忍び笑いをもらした。

「その権幕なら安心だ。色に出にけりってね、惚れ合って夫婦になるのがいちばん」

「おっ母さんッ」

からかわれたと知って、舞は頬をふくらませる。

夕餉のあと、舞は一九に白髪の老人の素性を訊いてみた。一九は素性どころか、名前さえ知らなかった。

「さっき二人で話してたじゃないの」

「だから、なんだ？」

「親しそうだったから……いつ、どこで、知り合ったのかと」

「知るかッ」

「だったら、なにを話してたの？」

「東海道の宿場の……お、そうか、道中で出会《でお》うたのやもしれんな」

それなら駿河の客のだれかと知り合いで、一九の娘が祝言を挙げるともれ聞き、なつかしくなって駆けつけたとも考えられる。まさか一九が自分を覚えていないとは思いもしないのだろう、身内のようにくつろいでいる老人に「あなたはどこのどなたですか」などと訊《たず》ねるのは忍びない。

その夜は二階の小座敷でお栄と枕を並べて寝た。無愛想でも不細工でも、お栄は幼なじみである。舞にとっては姉も同然。

うつらうつらしたものの熟睡とはいかなくて、舞は夜中に目を覚ました。天井を眺めながら、とりとめのない思い出にふける。お栄の鬼瓦のような顔でさえないよりはマシと思えるのは、胸が昂《たか》ぶって感傷的になっているからか。

「風邪、ひいたのか」

洟《はな》をすすっていると、お栄も目を開けた。

「ちがいますよ。なんだか泣けてきちゃって」

「いやならやめな」

「おっ母さんとおなじこと言うのね。そうじゃないってば。明日から人妻だと思ったら、胸がこう、熱くなっちゃって。お栄さん、等明《とうめい》さんと祝言を挙げる前の晩、そんな気持ちにならなかった？」

「別に」

「別にって、なにも感じなかったの？」

「絵、描いてたからな」

「前の晩も？　なに、描いてたの？」

「鼠《ねずみ》」

「今、なんて？」

「鼠の死骸。ころがってたから描いとかなきゃと思ってサ。あいつの家にもってくわけにゃいかんだろ。しかたないからあわてて描いた。やっぱし、もってきゃよかった。そうすりゃ、もう少し上手く描けたんだが……」

南沢《みなみさわ》等明がお栄を一時期でも妻にしていたのは、豆腐の角に頭をぶつけておかしくなっていたか、御狐様に乗り移られたか、ともかく流行病《はやりやまい》に罹《かか》ったようなものだろう。

「あたし、眠れないから、ちょっと水を飲んでくる」

お栄と話していてもはじまらない。舞は半身を起こした。

「舞」

「ン？」

「離縁はこたえた。絶対、するな」

そう言うや、お栄はごそごそと背中をむける。

お栄は――人並みの喜怒哀楽など持ち合わせていないように見えるお栄だが――等明に離縁されたときは大泣きをした。離縁をするなと言ったのは、舞の幸せを祈っていることを、お栄なりの言葉で伝えたかったのかもしれない。

舞は暗がりの中を、階段を踏みはずさないように用心して下りた。

尚武と丈吉は、今日まではまだ会所の一隅で寝ている。階下には両親の他、襖《ふすま》を取り払った広間に男の客が、となりの座敷に女たちが寝ていた。だれがどの座敷へ寝るか、揉める心配がないように。

鼾《いびき》や寝息が聞こえていた。昼間は遊山で歩きまわり、夜は一九と酒盛り……となれば、鄙《ひな》の人々は疲れ果ててあっという間に寝入ってしまう。

舞は台所へ足を踏み入れた。そこで立ちすくむ。窓が月の光でうっすらと明るいので、竈《かまど》の脇に置かれた漬物樽のうしろにかがみ込んでいる人影が見えた。

先客の狼狽ぶりは半端ではなかった。うろたえて尻餅をつき、両手を泳がせながら腰を上げる。白髪の老人だった。舞だとわかると老人はみはった目を細め、ポンとおでこを叩いた。一変、おどけた顔になる。

「の、喉が、渇いちまいまして。お起こしするわけにもゆかず、勝手をいたしました」

舞はもう落ち着きを取り戻していた。

「こちらこそ、驚かせてしまいましたね」

老人がまだ水を飲んでいないようだったので、舞は水桶から柄杓《ひしゃく》で二つの茶碗に水を汲み、ひとつを老人に手渡した。老人は恐縮しきって、目をきょときょとさせている。

「なんだか、眠れなくて……」

「花嫁ってェのは、へい、そんなもんで、ござんしょう」

「祝言を挙げるのがいやだというわけじゃないんです。ただ……なんなんでしょうねえ、これまでのあたしじゃなくなってしまうみたいで……」

老人が励ますようにうなずいたので、舞は先をつづけた。

「きっとそう。あたしは自分が変わるのが怖いんです」

「変わるのは、だれだって、踏ん切りがいりやす。お嬢さんだけじゃござんせんよ」

老人は一気に水を飲み干した。

「しかし、人は変わらねえと……変わってよかったと、あっしは心底……」

それだけ言うと深々と辞儀をした。

「ご馳走になりやした。それでは、おやすみなさいまし」

「あ、ちょっと……」

名前を訊きそびれたことに気づいたのはいなくなってからだ。

舞は水を飲む。老人から格別なことを言われたわけでもないのに少し胸が軽くなって、忍び足で二階へ戻って行った。

四

祝言の朝、長屋から手伝いの女たちがやってくる前に、岡っ引が訪ねてきた。晴れの日にいったいなにごとかと、えつと舞は胸をざわめかせながら玄関へ出てゆく。

「横山町《よこやまちょう》の勝五郎《かつごろう》と申しやす。ちょいと、お頼みしてェことがありやして」

勝五郎は中肉中背の骨ばった体をかがめて辞儀をした。物腰は柔らかいが目つきは鋭い。頼みとは、祝言の末席に入れてもらいたい、ということだった。

「実は、ここんとこ、祝言荒らしや葬式荒らしが横行しておりやして。それもとびきり凶悪な野郎で、気づいて追いかけた下男が匕首《あいくち》で一突きされておっ死《ち》んだ、とか、女中が首を絞められたってな話もありやした。つい先日も、通塩町《とおりしおちょう》の扇屋の葬儀で巾着《きんちゃく》が盗まれたばかりで……」

通塩町は会所のある通油町の隣町である。

十返舎一九の娘の祝言なら参列者が山ほど集まってくるはずだ。中には一九自身も記憶にない者がいるはずで、賊がまぎれ込む心配があると森屋治兵衛が案じているという。

「素性の知れねえ者はおりませんでしょうね」と訊かれて、舞は白髪の老人を思い出した。が、いかんせん高齢《とし》だし、人のよさそうな笑顔を見れば凶悪犯とは思えない。

「賊とはどんな男ですか」

「小柄ですばしっこい野郎ってのはわかってるんですがね、それ以外はどうも……百面相じゃァねえかと思うくらいで」

「大事な娘の祝言で盗難騒ぎなどもってのほかです。ねえ舞。こちらこそ親分さんに目を光らせていてもらえりゃひと安心だね」

「ええ。親分さん、座敷でお待ちください。あとでお席をご用意いたします」

というわけで勝五郎を送りだすや、えつと舞は顔を見合わせた。

「おお、いやだ。賊なんて」

「森屋さんは心配性だから。親分もついてるんだし、おっ母さん、平気だってば」

「ねえ舞、ここだけの話、あたしゃ例の老人が怪しいんじゃないかと思うんだけど」

「例のって、あの、名無しの権兵衛？」

「そう。実はね、お栄さんがぶつくさ言ってたのサ、あいつだけはどう頼んでも顔を描かせてくれないって」

顔を公にしたくない訳が、なにかあるのか。

「けどあの高齢だもの……遊山に出かけたあと、腰が痛いって揉んでもらってたし」

「馬鹿だねえ。盗人《ぬすっと》に年齢《とし》は関係ないだろ。あれこそ熟練の技なんだから」

「でもおっ母さん、昨夜だってちっともそんなふうには……」

台所でばったり会った話をすると、えつは顔色を変えた。

「夜中にそんなとこにいるのがおかしいじゃないか」

「だから喉が渇いて……」

「だったらなんでとっとと水を飲まないのさ。ほーら、ね。人は見かけによらないっていうから……。ああ、無事でよかったよ。神様仏様御狐様、この娘《こ》の祝言をどうか、どうか、つつがなく終えられますように」

そこまで言われれば、舞も不安になってくる。万にひとつ、あの老人が極悪非道な賊だとしたら、昨夜、匕首でぶすり、ということだってあり得たのだ。他にだれもいなかったのだから、してのけるのは容易《たやす》かったにちがいない。そう、もし舞の心にひとかけらでも疑いがあり、老人がそれに気づいたとしたら……。

長屋の女たちと相前後して勘弥姐さんも到着したので、舞は自分の仕度にとりかかった。姐さんに心尽くしの白無垢を着せてもらいながらも、賊のことが頭から離れない。

「どうしたんだい？　顔色がわるいねえ」

「眠れなくて……」

不用意に賊のことを話せば噂が広まる。客が怯えてしまう。

「そうそう、さっき、門のとこで北斎先生をお見かけしましたよ」

姐さんに言われて、舞は目をみはった。葛飾北斎が舞の祝言に来てくれるとは思いもしなかった。北斎は一九の昔なじみで、一九の一家には娘のお栄が多大な世話になっている。本来なら駆けつけてもよいはずだが、一九に勝るとも劣らぬ奇人の北斎は、逆さにされて叩かれても世間並みの感謝など一滴たりとも落ちてはこない男である。

「みんなびっくりするわね。おどろ木、桃の木、山椒《さんしょ》の木が生えなきゃいいけど」

「それなら心配無用。もう帰っちゃったから」

北斎は門のところで遊んでいた丈吉に小さな包みを渡し、そそくさと帰ってしまったという。

「なんだ。ま、お祝いをもってきてくれただけでも雪が降るかも」

いったいなにをもってきたのか。丈吉が台所へ入っていったというから、おそらく珍味かなにかだろう。

「さ、できましたよ。ほら、紅《べに》をつけたら顔色もよくなっただろ。舞、これならみんな、惚れ惚れするよ」

えつもやって来た。娘の晴れ姿に早くも涙ぐんでいる。

「惜しいねえ。玉の輿だってまちがいなし、だったのに」

「おっ母さんてば、いつまで未練がましいこと言ってるの」

「はいはい、もう言いませんよ」

「お父っつぁんは？」

「なんだかんだ言っても落ち着かないんだよ。朝日稲荷でうろうろしてたって」

「御狐様の御神酒《おみき》、呑みすぎなきゃいいけど」

酒乱の一九、他人を意に介さないお栄、そこに賊を探索中の岡っ引までまぎれ込んで、祝言は無事に終わるのか。なにか起きやしないかと心配はつのる一方だったが、今さらどうなるものでもなかった。なにがあろうとやってのけるしかない。

「おっ母さんッ」

「な、なんだい？　大きな声で」

「言っとくけど、だれにもじゃまはさせないわよッ」

「当たり前ですよ、おまえの祝言なんだから」

「あたしは決死の覚悟でのぞむつもり。お父っつぁんが妙なこと言いだしたら……」

「わかってますよ。あたしが引きずり出します」

　こぶしを握りしめた花嫁のあとから、えつも決然とした顔で追いかける。祝言というより戦場へおもむくような母娘《おやこ》とは裏腹に、大座敷はもう祭りのような賑々しさだった。左右にずらりと膳が並べられ、その前になじみの顔が居並んでいる。とりわけ長屋の連中は、同じ井戸をつかう仲間でもあり、一九の家族とは身内のようなものだから、晴れの日を我が事のように喜んでいた。粗末な身なりながらも精一杯めかし込んで、盆と正月が一度に来たかのような有頂天ぶりである。

　尚武は、正面に置かれた金屏風の前に座っていた。日ごろの厚かましさはどこへやら、こちこちに硬くなっているようで、額には汗の粒が浮かんでいる。

　一九とお栄、それに丈吉はいちばんうしろの端に並んでいた。大人しく座っているのがむしろ不穏な気配を感じさせる。

舞が入ってゆくと、ざわついていた座が静まった。美しい花嫁姿にそこここから感嘆の声がもれる。舞はえつの介添えで尚武のとなりに腰を下ろした。ほんの一瞬、舞の頭に、祝言がつつがなく終わるかもしれないという淡い期待がよぎったものの——。

「えー、本日は御日柄もよく……」

森屋治兵衛がここぞとばかりに長々と祝いの言葉を述べているときだった。どこからかヒーヒーハックションとすさまじいくしゃみが聞こえた。びっくりして次の言葉を忘れたのか、治兵衛は目を白黒させて「えーあー」と言いよどんでいる。と、だれかが盃を差し出した。気付けに盃を呑み干したとたん、今度は治兵衛がハ、ハ、ハックションと盛大なくしゃみをした。それだけではない。ヒーッと叫び、喉を掻《か》きむしって涙を迸《ほとばし》らせる。なにが起こったかわからないので、皆はあっけにとられて治兵衛を見つめている。

「森屋さん、ねえ、どうしたんですか。どこか具合がわるいんですか」

舞の問いかけに治兵衛は片手を上げ、なんとかその場をとりつくろおうとした。

「手前は、ハァハァ、こういうのは、ハッハッハッ、苦手なタチでして……」

「馬鹿もんッ。タチもへったくれもあるかッ」

一九が怒声を張り上げた。

「とんだご無礼を……たァ思うんでがんすが、ハヒハヒ、ヒーこいつはキツイ」

それでも治兵衛は自分の役割を全うしようとした。

「えーと、ヒーハー、一九先生とはコホコホ、十余年にわたるおつきあいでして、フワックション、お嬢さまがまだ、こんなに小さなときから……ハッハハハ」

「もういい、ひっこめッ。おい、酒だ酒ッ」

「お父さん。まだ三々九度が終わってませんよ」

「九度もへったくれもあるかッ。お栄、盃もってこい」

「お父っつぁん、三々九度は別の……」

「うるさいッ。なんでもいい。おい、尚武、ホレ、呑めッ」

「はいッ。先生についでいただけるとは光栄の極み……ハヒー、こいつはたまらん」

「たまらんだと？　たまらんとはなんだッ」

「ハッハハッ、こ、この酒には唐辛子がハックション」

唐辛子に加えて、寒中の朝稽古で風邪でもひいたのか。

「うるさいッ。わしの酒が呑めんのか。舞。呑め。みんなも呑めッ。高砂《たかさご》はどうした？　だれか歌え、踊れーッ」

山椒ならぬ唐辛子が酒に入っていたようだ。が、だれが、なぜ――。

「あ……」

舞が北斎と丈吉の顔を思い浮かべたときにはもう遅かった。

一九に檄《げき》を飛ばされて歌う者、踊る者、それに加えてくしゃみが頻発。ヒーヒーいう泣き声と笑い声が入り混じって、座はすでに収拾がつかなくなっていた。

「あーもう、なんなのよ。あたしの祝言が……」

「まァ、よいではないか。愉快そうだ。みんな、先生もくしゃみをしておられるぞ。これこそ、ハッハッハックション、十返舎一九の、ヒーヒー、しかし辛くてたまらん」

「おやおや、どうしちゃったのかしら。こうなったら踊るしかないか。ね、舞、あんたも打掛なんか脱いで、サ、踊りなさいよ。踊るアホなら見るトンマ」

「姐さんまで。盆踊りじゃないんだから」

「似たようなものですよ。ほら、おっ母さんも踊ってる、お栄さんまで……」

舞はぎょっとしてあたりを見まわした。えつも駆けつけ三杯で酔っぱらってしまったのか。酒乱がおさまっていたように見えたのに、酒をあおっては高笑いをしている。

見るも恐ろしい——と思いつつも目をやれば、赤鬼のような顔をしたお栄が客のあいだをぬって千鳥足で歩いていた。酔っぱらっているように見えるものの、目的地は定まっているらしい。行く手の先に、厠《かわや》へでも行こうというのか、あの白髪の老人がいた。

お栄は、わざとらしくよろめいて老人にぶつかりざま、白髪を引っぱがした。と、同時に丈吉が駆けてきて老人に飛びついた。あご鬚をむしり取る。近くにいた者たちが驚きの声をもらしたので、皆、いっせいに老人を見た。老人は——いや、黒い髪とつるつるの顔をした男は——声を出すのも忘れたように茫然《ぼうぜん》として突っ立っている。

舞は岡っ引に目をやった。勝五郎はいぶかしげな顔で腰を上げたところだった。もしじゃまさえ入らなければ、老人を捕えて番所へ引っ立てていたはずだ。

ところが、そうはならなかった。一瞬早く、一九が躍り出た。

「御馳走と、ホッ、思いのほかの始末にて、ホッホッホッ、腹もふくれる頬《つら》もふくれる、ホホイのホッ」

踊りながら勝五郎の行く手をさえぎる。すると呼応するように尚武も躍り出た。

「ありがたいかたじけないと礼言うて、ハッハッハッ、いっぱい食べし酒のご、ご、ご馳走、フワックション」

どちらも『東海道中膝栗毛』の中に出てくる弥次喜多《やじきた》の狂歌である。それを合図に、皆も「ホッホッホッ」と踊りだした。

「おい、こら、じゃまをするなッ」

「ホッホッホッ」

「どけッ。おれは賊を捕えにきたんだぞ。横山町の勝五郎といやァちっとは知ら……」

「ホッホッホッ、ホッホッホッ」

「やめんか、やめよ、やめ……う、移ったか、ハックション」

一九と尚武に振りまわされて勝五郎が踊りの輪の中でへたり込んだときにはもう、男の姿は消えていた。

五

御狐様に柏手《かしわで》を打って、舞はフフフと笑った。

「あれは、なんだったんでしょうねえ……」

うしろで尚武もパンと柏手を打った。

「先生は……あ、いや、お舅上《ちちうえ》は……仰天されたのだろう。お栄さんと丈吉のおかげで、老人が実は老人ではなく、昔の知り合いだと気づかれた」

「知り合いといったって……」

「うむ。むこうは護摩《ごま》の灰《はい》、それも一度きりの出会いだ」

護摩の灰とは旅人から金品をくすねる盗人をいう。一九の話によれば、昔、道中で盗難騒ぎがあったとき、一九はお縄になりかけた護摩の灰を助けてやった。護摩の灰は二度と盗みはしないと固い約束をしてその場を立ち去ったという。

「お父っつぁんは性懲りもなく逃がしてやったわけね。賊だったかもしれないのに」

「いや。賊ではないと信じておられたのだろう」

「どうだか……。気が大きくなってただけだと思うけど」

「いいや。ああ見えて、お舅上は勘が鋭い。人を見る目がおありだ」

「まァね。結局、賊じゃなかったんだから、お父っつぁんは正しかったってわけね」

祝言のあと、勝五郎は地団太を踏んで悔しがり、一九にまで疑いの目をむけた。一九はすべてを酒のせいにして逃げきった。

ところが翌日、賊は捕縛された。大店の法事にまぎれ込んでいたそうで、あの老人に化けていた男とは別人だった。

「でもね今井さま……」

「おいおい、今井さまはないだろう」

「あ、そうか。ええと……それじゃ旦那さま」

「うむうむ。なんだ舞?」

「フフフ……あのね、あたしはどうもわからないのだけど、賊でなかったんなら、名無しの権兵衛はなぜ逃げたのかしら。そもそも、なぜあたしの祝言にやって来たの?」

老人になりすましてまでまぎれ込む理由がわからない。人知れず、一九にさえも正体がばれることを恐れたのは、なにか、知られてはまずい訳があったはずだ。

尚武もうなずいた。

「おれも妙だと思っていた。あやつはなんのために来たのか、と」

「おっ母さんは、やっぱり巾着でも盗みに来たんだろうって。極悪非道なお尋ね者でなくたって、盗人はいくらもいる。そういわれればそんな気も……」

「盗みに入ったものの恩人の一九の家と気づいて、なにも盗《と》らずに逃げ出した……か」

「お父っつぁんは、絶対にそんなことはない、おまえの目は腐ってるって。で、おっ母さんもカッとなって……朝からまた大喧嘩」

「おお、それで先生の、いや、お舅上の怒鳴り声が聞こえておったのか」

「毎朝のことだから、あたしはもう慣れっこだけど」

「おれも今さら驚かぬわ。舞どの、舞、おれが婿でよかったろう。事情を知らぬ者には、とうてい一九先生の婿はつとまらぬ」

「はいはい。奇人は奇人同士。旦那さまでようございました。でも、変な祝言でしたね」

「うむ。三々九度もしとらぬような……」

尚武はそこでぱっと目をかがやかせた。

「よしッ。もういっぺんやろう」

「なんですって？」

「御神酒もある。立会人も……人ではないがまァいいだろう……御狐様もおられる」

「ここで、祝言を、また、やるんですか」

尚武はうなずいた。もう御神酒に手を伸ばしている。つまるところ、ただ酒を呑みたいだけのような気もしたが……。

「いいわッ。やりましょうッ」

奇人の妻になったのだ、常人の考えではこの先、生きてゆけない。

片腕の不自由な尚武を気遣って、舞も祭壇から小ぶりの酒樽を下ろそうと身を乗りだした。二人の手がふれあう。尚武はもう一方の手のひらを舞の頬にあて、あごを少し上向けた。ぴたりと抱き合い、尚武のくちびるが舞のくちびるをとらえようとしたそのときだ。背後で息を呑む音がした。

「丈吉ッ」

「丈吉ちゃんッ」

祭壇の前で両親が抱き合っているのを見てびっくりしたのだろう。目をぱちくりさせている。

「どうした？」

「あ、ええと、お栄姉ちゃんが、祠へ行って母ちゃんを呼んでこいって」

「なにかあったの？」

「ウン。祖父ちゃんと祖母ちゃんが、台所で抱き合って泣いてる」

舞と尚武は顔を見合わせた。喧嘩ならともかく……空が落ちてきたと言われても、これほど驚いたかどうか。なにがなんだかわからないまま、二人は丈吉ともども祠をあとにする。

一九とえつは、もう泣いてはいなかった。台所へたどりつく前に、えつの鼻歌が聞こえてきた。

鼻歌？　おっ母さんが――！

「こっちこっち」

勝手口からお栄が出て来て、舞と尚武を裏庭の井戸端が見えるところへつれていった。なんと、そこでは一九が顔を洗っていた。二人に気づいて「おう」と片手を上げる。

「おーい、尚武。あとで清書をせよ。さーア、傑作を書くぞッ」

近来見たことのない晴れ晴れとした顔である。

舞は身ぶるいした。まともである、ということが、これほど人に不安を抱かせるものであったとは……。

尚武も同じ不安を抱いたようだ。

「これは、どういう……」

二人はお栄を見る。お栄は肩をすくめた。

「漬物樽のうしろから金子が出てきた」

「漬物……あッ、護摩の灰」

「昔、助けてもらった礼だとサ」

金子が入っていた袋にはカナクギ文字の読みにくい手紙も入っていて、そこには「自分が無理をして貯めた銭だとわかったら先生は受け取らないだろうし、よしんば受け取ってくれたとしても客人にかこまれていれば大盤振る舞いをしてしまうだろうから、祝言が終わるまでここへ隠しておく」と書かれていたという。

「では、あやつは、盗みをするためではのうて、銭を先生にくれてやるために老人に化けて入り込んだ、というわけか」

「あべこべですね。世の中にはおかしな人がいるもんだわ」

と、言ったところで舞は苦笑する。目の前に奇人たちがいるのに、今さらなにを驚くのか。それにしても、盗人にまちがえられてまで一九に金子を贈りたいとあくせくしたのがかつての護摩の灰だと思うと、ことのほか、おかしい。

　尚武も真顔になった。

「ただ助けてもらった、というだけではないのだろう。それをきっかけに人生が変わった。護摩の灰から足を洗ってまっとうな人間になれたのだとしたら……」

「そうだわ。台所で話したとき、変わってよかったと言ってたっけ。人は変わらねえと、とも」

　祝言前夜の不安定な心を、老人に扮した男は励ましてくれた。今は、舞も思っている。人は日々、変わってゆくのだ、恐れることはない、と――。

「おーい。なにをしてる。手を貸せ」

　一九の呼び声が聞こえた。

「ほいきた。先生ーッ、今、そちらへ。おっと、危のうござるぞ、あ、お待ちあれ、お待ち……」

　バシャン、ドスンと音がした。ひと足、遅かった。尚武が駆けつける前に一九は尻餅をついていた。全身、水まみれである。

「馬鹿もんッ。なぜ早《はよ》う来んのだ、ぺちゃくちゃしゃべくりおって。あいつらもあいつらだ、役立たずどもめが。うるさいッ、手を出すな、おい、なにを突っ立っとる。早う起こさんか。まったくもう……。おーい、舞、酒だ酒ッ、ぐずぐずするなーッ」

怒鳴りちらされながらも、尚武は一九を抱き起こした。笑顔で舞に手を振る。

奇人気まぐれきりきり舞い——。

舞は笑いをこらえ、師走の空を見上げた。

われ鍋にとじ蓋

一

一年の計は元旦にあり――。

だとしたら、これからはじまろうとしている一年もまた、世間並みの家族の団欒《だんらん》とか充足とか平穏とは無縁の、騒動つづきの一年となるにちがいない……。

台所で立ち働きながら、舞《まい》は何度目かのため息をついた。

ちなみに、今このひとときは、嵐の前と後の静けさにつつまれている。

父の十返舎一九《じっぺんしゃいっく》は酔いつぶれていた。元旦いちばんにとなりの朝日稲荷《あさひいなり》へ詣で、日ごろは閑散としている稲荷がにぎわって御狐様が御神酒《おみき》にかこまれているのをいいことに、物陰で盗み呑みをした上、酒樽をかかえて裏長屋へおもむき、大酒を食らった。家族と屠蘇《とそ》で新年を祝うときには早くも泥酔していた。

葛飾北斎《かつしかほくさい》の娘のお栄《えい》は、二階で凧《たこ》ならぬ蛸《たこ》の絵を描いている。正月も絵の道に邁《まい》進《しん》する心がけは見上げたもの。とはいえ「おめでとう」の挨拶もいつもながらの無愛想な顔で、雑煮を腹いっぱい食べたくせにあとかたづけを手伝おうともせず、さっさと二階へ上がってしまった。それだけではない。居候《いそうろう》のくせに、餅をいくつ食べたか。

「おっ母《か》さん。お栄さんたら、十じゃきかないわよ。明日のお餅が足りなくなっちゃった」

「あとで錦森堂《きんしんどう》へ行ってもらってきとくれ」

「あたしが？　ンもう……正月早々から、なんで森屋《もりや》の親父に嫌味を言われなきゃならないのよ」

錦森堂の森屋治兵衛《じへえ》は書肆《しょし》で、一九とは長年の腐れ縁である。

「いいじゃないか。どうせまた一年嫌味を言われつづけるんだから、一日早い事始め」

継母のえつは言い返した。台所仕事をしながらも屠蘇の余りをちびりちびり。ときおり目が竈《かまど》の後ろへゆくのは、一九に見つからないよう、酒甕《さかがめ》が隠してあるからだ。

「ま、家族そろって正月を迎えられたんだから、それだけでよしとしようよ」

「はいはい。お父《と》っつぁんもなんとかもちこたえてくれてるし……」

一九はここ数年、中風《ちゅうふう》を患っていた。思うように筆が進まないのもまた苛立ちの因《もと》となっているのだが、そこはお気に入りの弟子であり舞の夫でもある浪人者の今井尚武《いまいしょうぶ》がなだめたりすかしたりして新作への意欲をかきたてている。といっても、それが成功することはまれで、ミイラ取りがミイラになって騒いでいることの方が多かったが……。

その尚武は、養子の――実は一九の落とし子らしい――丈吉《じょうきち》と凧揚げに出かけていた。丈吉が尚武になついているのはよいとして、小町娘と自他ともに認め、玉の輿を夢見ていた舞としては、妻になると同時に母になってしまった現実を素直に喜べない。

新婚もなにもありゃしない、これじゃ宝の持ち腐れだわ――。

手鏡を見るたびにまたもやため息がもれる。

「それよりおっ母さん、ウチの人、これからいったいどうする気かしら。お父っつぁんや丈吉の面倒をみてくれるのはいいけど、弟子のくせに戯作《げさく》に取り組む気はなさそうだし、ヒマさえあれば刀をふりまわしてサ……」

「そのうち剣術指南でもはじめるつもりじゃないのかえ。おまえは踊りの師匠、亭主は剣術指南。せいぜい稼いで、親に楽をさせとくれよ」

「なによ。お父っつぁんだけかと思ったら、おっ母さんまであたしを当てにしないでよ」

「されてるうちが華ですよ。親孝行、したいときに親はナシってね」

「勝手なことばかり。子の心、親知らずってほんとだわ」

「それを言うなら、親の心、子知らず」

無駄口をたたきあっていると、太鼓や笛の音《ね》が聞こえてきた。太神楽《だいかぐら》が近場にまわってきたのだ。笛太鼓の他にも獅子舞《ししまい》を見せる者や挟箱《はさみばこ》を担ぐ者などを入れて総勢五、六人が、大名家や旗本、商家など祝儀をはずんでくれそうな家々の門口で神楽を披露する。まちがっても裏長屋のような貧乏くさいところへは来ないし、舞の家も地本《じほん》会所の敷地内にある借家なので入ってくることはまずない。いや、借家の構えはそこそこでも舞の家の台所が火の車であることや、一九を筆頭に奇人の集まりであることは近辺に知れ渡っているから、太神楽の連中は見向きもしないのだろう。

もちろん、正月の門付《かどづけ》は太神楽だけではなかった。馬の首の張りぼてを持って踊る春駒《はるごま》や三味線を弾きながら祝い唄を歌う鳥追《とりおい》、万歳《まんざい》なども家々へまわってくる。

中には奇人の上をゆく門付もあって……。

「えー、万歳でござーい。新年、おめでとうさんで」

玄関で声がした。新年を祝う門付にしては浮かない声である。

「あら、万歳だ」

「去年と同じ二人組じゃないかえ」

ここまで入ってくるのは勝手知ったる者だけ。今の声が太夫《たゆう》ではなく才蔵《さいぞう》であることも聞きまちがえようがなかった。太夫は折烏帽子《おりえぼし》に麻の素襖《すおう》でめかし込み、美声で万歳歌を歌い踊る。才蔵の方は田舎者丸出し、鼓《つづみ》を打ち、おどけた仕草で笑わせる。

「お餅でもおあげよ」

「でもおっ母さん、明日の分が……」

「鏡餅があるだろ。祝い事なんだからけちけちしない」

「はい。では鏡餅で福を呼び込むとしましょうか」

二人は玄関へ出てゆく。

開いたままの戸の外に男が一人、ぽつんと立っていた。小柄で丸顔のいかにも垢《あか》抜けない男で、歳のころは二十代の後半、万歳なら才蔵役以外には考えられない。

ところがいでたちの方は、ずり落ちそうな折烏帽子をかぶって、紺の紋付の素襖をぞろりと着ている。袖も長すぎるから明らかに借り着だろう。両手にはそれぞれ鼓と扇を持っていた。

「おや、相方はどこに……」

舞は男の背後を見たが、だれもいない。

「ええと、その、手前一人でござんして」

「一人？　一人で万歳をやるんですか」

「へい。お目汚しではござんしょうが……なにとぞ」

懇願されればいやとは言えない。男を呼び込んで万歳を披露させる。

男は、美声とはほど遠いだみ声で万歳歌を歌い、扇の柄で鼓を叩いて舞って見せた。それからおもむろに素襖を脱ぎすて、折烏帽子をむしりとって、今度は滑稽《こっけい》な踊りを披露する。こちらはさすがに年季が入っていると見えて、舞もえつも何度か噴き出した。とはいえ心底からは笑えないのは、一人で二役を演じる必死な様子が痛々しく、哀しげにも見えたからだ。

万歳が終わっても男は突っ立ったまま、媚《こ》びるような目で舞とえつを眺めている。

と、そのとき、一九の怒声がひびき渡った。

「なんだッ。わしらをなめておるのかッ」

「お父っつぁん……」

「うるさいッ。こいつに訊《き》いておる」

素面《しらふ》のときは仏頂面、酒が入ると上機嫌になって誰彼かまわず大盤振る舞い、酔いが醒めかけたときがいちばん曲者《くせもの》で予測がつかない……それが一九である。

男は身をちぢめた。そのくせ上目づかいに一九を見て、小鼠《こねずみ》のような目をなつかしそうに瞬《しばたた》く。

「昨年の正月も、へい、怒鳴られましてございます」

さほど怖がっていない証拠に、ちょろっと舌を出してみせた。

「ほう、昨年も来おったか」

「へい。そもそも手前は才蔵でございますから昨年は太夫といっしょで……ご主人さまの怒声にあんましびっくりしたもんですっ飛んで逃げ、鼓を忘れていきやした。で、こわごわ取りに戻ったところがいっしょに呑めと……。呑みに呑んで酔っぱらい、歌って踊って、最後にはなんでも持って帰れと言っていただいたんでございますが、めぼしいもんがなにもございません。風呂桶はどうだと仰せでしたが、こいつもだれかに先を越されまして……太夫と二人、襖《ふすま》を担いで帰りやした」

「まァ、あきれたッ」

「おまえは黙っとれ。ふむ、覚えておらぬが……さようなことがあったかのう」

一九は考え込んでいる。少なくとも癇癪《かんしゃく》はおさまったようだ。

「しかし、なんで今年は一人なのだ？」

訳を話せと言われたとたんに、才蔵はよよと泣き崩れた。芝居がかってはいるがその滑稽さがますます憐《あわ》れみをかきたてて、舞、えつ、一九の三人は神妙な面持ちで才蔵を見つめる。才蔵は三和土《たたき》に膝をついたまま大仰に涙をぬぐった。

「ぐすん。これには、よんどころない事情がございやして……へい」

正月は万歳の唯一の稼ぎ時である。ここで稼がなければ暮らしが成り立たない。準備もととのえ、さァいよいよ……と意気込んだところが、太夫が行かぬと言い出した。

「行かぬ？　病にでも罹《かか》ったか」

「いえ、かかあが出てっちまったんでございます」

大晦日に太夫の女房がいなくなった。掛け取りにきた油屋の手代と出てゆくのを見たというので油屋へ行ってみたが、この手代は、木戸口で別れ、あとのことは知らないという。ではどこへ行ったのか。女房は三河《みかわ》万歳の師匠の娘で、太夫といっしょに江戸へ出てきた。江戸に縁戚はない。今のところ行方は不明だが、太夫はすっかり落ち込んでしまい、元旦というのに夜具をかぶってふて寝をしているという。

「なにもこんなときに出てかなくたって……一年にゃいっぱい日があるんでございますよ、ちょいとだけ先にしてくれりゃァいいものを……」

才蔵は洟《はな》をすすっている。

「それはお気の毒ですねえ。舞、ほら、いただきものの饅頭《まんじゅう》があっただろ、白湯《さゆ》でもさしあげて、ひと息ついてもらったら……」

「そうね。涙顔じゃ万歳になりませんね」

「待てッ」台所へ行こうとした舞を、一九が止めた。「今は書き入れ時だ、饅頭なんぞ食うておるヒマはなかろう」

「でもお父っつぁん……」

「でももヘチマもあるかッ。才蔵、洟を拭け。万歳をつづけるのだ」

「へい。手前もそのつもりで……」

「しかし万歳は二人、一人はいかん」

「さようにはございますが太夫が……」

「太夫なら調達してやる」

「へ？」

「舞。太夫をやってやれ」

「え？　えええーッ」

舞は腰をぬかしそうになった。

「だ、だ、だめよ、太夫なんてとても……」

「踊りの師匠ではないか。できぬとは言わせぬぞ」

「だめだめだめ。だって、だってお父っつぁん、あたしが万歳なんかしてるとこを見たら弟子がやめてしまうわよ。そうよ、これ以上、弟子が減ったら、お父っつぁんだって困るでしょ」

一九は口をへの字に曲げて考えている。

「しかたがない。よし。お栄を呼んで来い」

「お栄さんッ？　まさか、どう見たって……太夫は美男に美声と相場が……」

「この際、贅沢を言ってはおれん。才蔵。いいな」

「へい。手前は、どなたさまでもありがたく……」

「だめだってば。いくらなんでも、お栄さんじゃ……お栄さんに頼んだら、万歳どころか鬼退治……」

「鬼がなんだって」

突然、お栄の声がして、舞はあっと目をみはった。いつ二階から下りてきたのか、お栄が仁王立ちになっている。四角いあごはいっそう四角く、細い目はより細くつり上がって、髪はぼうぼう、絵筆をつかんで一同を見渡している姿は赤鬼そのもの。

「そうじゃないの。お父っつぁんがお栄さんに万歳の太夫をやってもらえないかって言うから、あたしがね、断ってあげてたとこ。お栄さんは絵を描くので忙しいんだし……」

「やるよ」

「えッ、えええーッ」

舞とえつはむろん言い出しっぺの一九でさえ、よく考えもせずに口に出してしまったことを早くも後悔していたのか、唖然《あぜん》としてお栄の顔を見つめている。当然ながら、だれよりも狼狽しているのは才蔵だった。後ずさりしながら一九にすがるような目を向ける。

「ええと、これ以上のご迷惑は……ご主人さまのお気持ちだけいただいて……。へい、あっしは、これにて、おいとまを……」

と、そこへ、幸いなことに——尚武にとっては不運なことに——尚武と丈吉が帰ってきた。

「すげえんだぜ、おいらの凧……」駆け込んできたところで、丈吉は首をかしげる。

「どうかしたの？」

「お、こいつは地獄に仏。尚武、おぬしやれ」

「は、かしこまって候……とと、なにをやるんで？」

「太夫だ。うむ。太夫は男だ、ちょうどよい」

「太夫？」

「へいへいへい。手前もそれがよろしいかと。へい。それではよろしゅう」

才蔵は尚武に飛びついた。素襖を拾い上げて、まだ事態を呑みこめずにいる尚武に着せかける。つづいて一九が折烏帽子を拾って尚武の頭にのせた。

「ま、ま、待ってくれ。これはいったい……」

「おう、なかなか似合うぞ。そうだ、化粧もしてやるか、おい……」

一九がえつに目を向けると、えつはあわてて両手を泳がせる。

「あたしゃ化粧なんかしませんよ」

「だったら舞、白粉《おしろい》を取ってこい。お栄。獅子の絵を描いて持たせてやれ」

「ええ、はばかりながら、万歳は獅子舞とはちがいますんで獅子の絵は……」

「そうか。なら、ま、化粧だけでよしとするか」

「わッ、わわわ……な、なにを、なにをする。おれは役者ではないぞ。や、やめてくれ……」

「じたばたするな。よし。才蔵。出立《しゅった》ーッ」

抗《あらが》ういとまもなかった。なにがなにやらわからぬまま尚武は化粧をほどこされ、おもてへ押し出された。

「へいへいへい、ほいほいほい、ひょいひょいひょい、えー万歳でござーい」

気力を取り戻した才蔵と白粉をまばらに塗りたくられた尚武のあとから、舞と一九、丈吉もおもてへ出てゆく。ホイホイホイと陽気に合いの手を入れながら、一同は初晴《はつばれ》の空の下、正月の華やぎにつつまれた江戸の町を練り歩くことになった。

二

「なんで、おれじゃだめなんだ。せっかく手伝ってやるって言ったのに」

「太夫は美男子がやるものなの」

両国橋《りょうごくばし》を東岸に向かって歩きながら、お栄と舞が言いあっている。正月二日、この日もなりゆき上――というか一九の気まぐれにつきあって――尚武は万歳の太夫役をつとめていた。

「尚武は美男子じゃないぞ」

「少なくとも男だわ。お栄さんは……まァ、そうは見えないとしても、女は女だから」

「なんだよ、その言い方」

「お栄さんこそ、なによ。いつもは絵を描く以外、タテのものをヨコにもしないくせに、こんなときばかり。天邪鬼《あまのじゃく》なんだから」

「万歳をサ、描いてやろうと思ったんだ」

そう言いながらも目をそらしたのは、他にも訳があったのだろう。そう、門付をすれば父の北斎の居所がわかると考えたのかもしれない。神出鬼没で引っ越し魔の北斎は、娘と並んで絵を描いているかと思えば、ふらりと出かけたまま帰らない。ごみ溜《た》めのような廃屋で独り、鬼気迫る形相《ぎょうそう》で紙に向かっているときもあれば、弟子にかこまれてざわざわと仕事をしているときもある。クソ親父と吐き捨てながらも、お栄は父親を恋い慕っている。

「とにかくお栄さん、太夫はおかみさんに逃げられて落ち込んでるそうだから、よけいなことは言わないでよ」

「よけいなことってなんだ？」

「自分のこと。お栄さんは離縁されてるんだから」

「されたんじゃない。おん出たんだ」

「だからなおのこと、黙っててちょうだい」

二人は太夫の長屋を訪ねるところだった。両手にかかえているのは、舞が森屋に頭を下げて分けてもらった餅や饅頭、屠蘇やおせちといった食べ物や飲み物で、少しでも太夫を元気づけてやろうという心遣いである。もちろん太夫を訪ねる第一の目的は、女房が出て行った訳を聞き出して、捜してやることだ。才蔵に懇願された一九がいつもながらに安請け合いをして、結局は舞が引き受けることになってしまった、というわけ。

「このあたりだと思うけど……」

舞は娘時代、本所尾上町《ほんじょおのえちょう》へ踊りの稽古に通っていた。師匠の跡を引き継いで教えている。一方のお栄も亀沢町《かめざわちょう》に父の仕事場があった。太夫の長屋のある松坂町《まつざかちょう》は尾上町とも亀沢町とも近いので、舞もお栄もあたりの地理には詳しい。

「あ、あそこだ」

才蔵に教えられた長屋はすぐにわかった。が、木戸を入ったところで二人は顔を見合わせる。太夫の家の前に、四角い包みをかかえた女がいた。小紋に掛け衿は商家の内儀《おかみ》か、妙齢の見るからに婀娜《あだ》っぽい女である。

「おかみさんが帰ってきたのかしら」

「なら、とっとと入るだろ」

「それもそうね」

中を覗《のぞ》こうとした女に、井戸端にいた婆《ばあ》さんが声をかけた。女はびっくりして飛びのき、なにか言い訳をしながら婆さんの手に包みを押しつけた。そそくさとその場を離れる。舞とお栄の脇をすりぬけて木戸を出るとき、女は舞をきっとにらんだ。恋敵《こいがたき》とでも思ったか。白粉の匂いがぷうんと流れて消えた。

「なんだ、あれ？」

「太夫の浮気相手かしら。それでおかみさん、出て行ったのかもしれないわね」

家の前まで行くと、中から出てきた婆さんが二人の荷物に目を留めた。

「やれやれ、またかい」

「またって？」

「太夫の女房が駆け落ちしたってんで朝から大騒ぎ」

「え？　やっぱり駆け落ちしたんですか」

「さァね。ともかくそう言って、次から次に。ご苦労なこった」

「今のお人以外にも、見舞いにきた人がいるってことですか」

「今にはじまったこっちゃないけど……。ま、そういうこと」

「……ってことは、おかみさんは以前にもいなくなったことがあると？」

「あるともサ」婆さんはもう井戸端へ戻ろうとしていた。「しょっちゅうぷらぷら。二晩も家を空けたのははじめてだけど」

「あ、待って。そのたんびに女たちが……」

「女房にとって代わりたい女はわんさかいるサ。太夫も見栄えだけはいいからね」

食べ物をとどけてきた女は朝からすでに三人目だという。案の定、家の中へ入ると、そこここに重箱や器が置かれていた。そのままになっているところを見ると、太夫はいまだ食欲がないらしい。

舞とお栄も荷物を置いて、襖障子《ふすましょうじ》の穴から座敷を覗いた。ひと間きりの座敷の、黄色く毛羽だった畳の上に布団が敷かれている。こんもりと夜具が盛り上がっているところを見ると、太夫は飽きもせずふて寝をしているようだ。

「太夫さん。ちょっと、入ってもいいですか」

返事はない。

「才蔵さんから頼まれました。すみませんが少しだけお話を……」

返事がないので勝手に上がり込む。死んでもいないし眠りこけてもいない証拠に、太夫は夜具の下で背中を向けた。話をする気がないことを伝えようというのか。

「口はばったいようですが、言わせていただきます。おかみさんが出て行ってしまったとか。お辛いのはわかりますが、いつまでこうしているおつもりですか。ふて寝をしてたって、おかみさんは帰ってきませんよ」

太夫は動かない。が、泣いているのか、うッうッと押し殺したような嗚咽《おえつ》が聞こえた。女たちから絶大な人気を集める太夫が女房に捨てられた……。世の中は上手くいかないものである。

「惚れていらしたんですねえ、おかみさんに。そんなに惚れられるなんて、うらやましいこと。ねえ太夫さん、どうでしょう、あたしたちにおかみさんを捜すお手伝いをさせてはいただけませんか」

嗚咽が止まった。耳を澄ましているようだ。

もうひと息と、舞は丹田《たんでん》に力をこめる。

「お約束はできませんけど、お力になれるかもしれません。ここにいるこの人は、ただの女じゃないんですよ」

「おい、舞……」

「いいから黙ってッ。ほら。ご覧ください。常人とはちがうでしょ。神のご託宣で、行方知れずのお人の居所を当てるんです」

息を呑む気配につづいて、「まことで？」と蚊の鳴くような声が訊き返した。蚊は蚊でも美声の蚊である。

「まことですとも。まずはおかみさんを連れ戻して、それからよく話しあって……」

「話したら離縁になった」

「しッ。ね、太夫さん、それには大晦日になにがあったのか、教えていただかないと」

もぞもぞと夜具が動いた。太夫があらわれ、夜具の上であぐらをかく。

確かに背筋がぞくりとするような色男だった。が、げっそりと頬がこけ、泣きはらした目も鼻も真っ赤で、いかんせん窶《やつ》れはてている。

「おかみさんと喧嘩をしたのですか」

「いえいえいえ、まさか、さような……」

「でも出て行くにはなにか訳が……」

あまりに気の毒で、駆け落ちという言葉はつかえない。

「あいつは、あっしに、愛想をつかしたんでござんしょう」

そう言うや、太夫は舌を出してくちびるを舐《な》めた。それが合図だった。突然、堰《せき》を切ったように話しはじめる。

大晦日、太夫は朝からいつも以上に忙しく立ち働いた。飯を炊き、あとかたづけをして掃除もすませ、掛け取りに追いたてられながらも正月の仕度をととのえた。むろん万歳の準備もある。

「かかあは……ちょぼってんですがね……二度寝をして起きてきたのが昼っころでした。それからしばらくごろごろして、ぷらぷらして、また寝てまた起きて、年の市へ出かけてあれこれ買い込んできて、それから井戸端でおしゃべりをして、またごろごろしてぷらぷらして、湯屋へ行って、飯を食って……」

舞は目を瞬いた。やっとのことで太夫の話に割り込む。

「おちょぼさんは、家事をしないのですか」

「へい。ふだんからタテのもんをヨコにもしねえ女ですから。ヨコのもんもタテにしねえし、上のもんを下にもしねえし、斜めのもんを……」

「お栄さんと同じだ」

お栄は聞こえなかったふりをしてそっぽを向いている。太夫は、と言えば、しゃべることに夢中で、二人の顔など見てもいない。

「斜めのもんは斜めっとこいつはともかく下を上、上を下、ええと、とっちらかっちまったか。あ、いや、とやこう言ってるんじゃねえんでサ。ちょぼはあっしのそばにいてくれさえすりゃァいいんで、なにをしてくれなんぞと思ったこともありゃしやせん」

太夫によると、夕餉《ゆうげ》のあとは按摩《あんま》をしてやったという。疲れてうとうとっとして、気がついたら姿が見えなくなっていた。やれ芝居だ花火だ花見だと遊ぶことが好きな上に賭け事に目がない。博打《ばくち》でもはじめた日には時間を忘れてしまう女だから、これまでも黙っていなくなることはままあった。が、さすがに大晦日、それも元日を飛び越えて二日まで帰って来ないのは尋常とは思えない。

「でも、どうして、愛想をつかされたなんて思うんですか」

ようやく割り込んで訊《たず》ねると、太夫は一瞬だけ考える目になった。

「あいつは師匠の娘だから、あっしじゃ物足りねえんでしょう」

「物足りないと言われたんですか。この暮らしが不満だと？」

「いや、そういうわけじゃねえんですがね。しゃかりきに働いても右から左、左から右、上から下、下から上、斜めから……と、またとっちらかっちまうナ。あっちゃこっちゃで、空っぽ、底なし、すっからかん。もうちっと銭っこがありゃ、なんでも好きなことをさせてやれるんですがね……」

ちょぼは賭け事と芝居が三度の飯より好きで、なけなしの銭をにぎりしめては遊び歩いていたらしい。

「フン、役者と駆け落ちか」

「お栄さんッ」

にらんだものの遅かった。とうに噂を耳にしているはずなのに、太夫は「駆け落ち」という言葉を聞くや壊れた水車のようにまわりつづけていた口をパタッと閉じて、地獄に突き落とされた人のようにさめざめと泣きはじめた。

「まったく、なんて女房だろ。よくもこれまで放り出されなかったものだわ。といっても太夫さんも太夫さんよ。人がよいにもほどがあるったら……」

木戸を出るなり、舞は怒りを爆発させた。

「お栄さん。腹が立たないの？」

「別に」

「別にって……亭主を尻に敷いて放蕩《ほうとう》三昧、あげくの果ては駆け落ち……女の風上にも置けやしないッ」

「亭主だって、しゃべりすぎ」

「そりゃそうだけど……。フフフ、そうね、家事もせずに好き勝手してたのはお栄さんも同じ。世の中にはお栄さんみたいな人が他にもいるんだわねえ。ちがうのは、お栄さんは離縁されたけど、おちょぼさんはまだ太夫さんに惚れられてるってことね」

「帰る」

「あ、待ってッ。お栄さんてば」

足早に両国橋の方角へ歩きはじめたお栄を、舞はあわてて追いかける。

「ねえ、お餅、好きなだけ食べさせてあげてるじゃないの。いっしょに捜してよ」

「フン」

舞は太夫から、ちょぼが足しげく通っていた芝居小屋や立ち寄りそうな店、話に出てきたことのある知人の名などを聞き出していた。ついでに近隣の女たちからもちょぼの評判を聞き集めた。それによるとちょぼの遊蕩は近隣でも知れ渡っていて、なぜあんな色男があのろくでなしの女房と夫婦になったのか、大方は首をかしげているらしい。

「そういえば肝心なことを聞き忘れたわ。おちょぼさんの顔立ちとか体つきとか……ま、美人なのは確かね。でなけりゃお栄……いいえ、人気者の太夫さんだもの、とうにおかみさんをとっ替えてるわね」

「フン」

二人はちょぼのよく行く店や知り合いの家を訪ねてみた。が、行方を知る手掛かりはなかった。駆け落ちの噂があるのに、相手らしき人物の名前も聞こえてこない。

「三河へ帰っちゃったのかしら」

「大晦日に？」

「そうか、旅仕度もしてなかったし。となると神隠しか……」

収穫のないまま、二人は通油町《とおりあぶらちょう》の家へ帰って行った。

三

俄《にわ》か仕立ての太夫にまともな万歳はできない。それがかえっておかしいと笑ってくれる奇特な家もあったとか、才蔵と尚武はこの日も門付に出かけた。

ところが――。

「どうも、妙だ」

帰ってくるなり、尚武は眉をひそめた。いいかげんにしろ、下手な万歳はもうたくさんだと追い返した家が、一軒ならずあったという。

「もうたくさん……ってことは、他にも万歳がまわってきたってこと？」

塗りたくった白粉をぬれ手拭で拭いてやりながら、舞もけげんな顔になる。

「おかしいわね、万歳がかち合うなんて」

同じ門付に二度も三度も祝儀をねだられてはたまったものではない。文句が出ないように、太神楽は太神楽、万歳なら万歳で組合があり、まわる場所が割り当てられていた。組頭の許可を得なければ門付はできない。

「だれかがもぐりで万歳をやっておるのだろう。太夫が女房に逃げられて寝込んでいると聞いたやつが、好機到来、万歳になりすまして荒稼ぎをはじめた……」

そういえば、太夫の家には女たちが早々と見舞いに来ていた。太夫の女房がいなくなったことは、元旦にはもう近隣に知れ渡っていたのだ。

「で、どうするんですか」

「お舅上《ちちうえ》は、乗り掛かった舟だ、先を越されてはならぬ、戦え……なんぞとたいそうな張り切りようで」

一九は、もぐりの万歳に負けぬよう、裸踊りでもなんでもして評判を勝ち取れと尚武にはっぱをかけたという。病身でもあり、一日中ついて歩く元気こそなかったが、それでも丈吉とかわるがわる応援に駆けつけては、当人たち以上にその場をにぎわしている。

「お父っつぁんたら……。ま、寝正月で呑んだくれてるよりは門付でもしてくれてる方がマシだけど。ここは災難と思って、せいぜい助けてあげることね」

はじめこそあんなにいやがっていた尚武も今はまんざらでもなさそうで、けっこう愉しそうに太夫役をつとめている。

「そっちはどうなのだ？　太夫の女房についてはなにかわかったか」

「それが、まるっきし。神隠しにでもあったみたいで……」

舞は明日、もう一度、ちょぼが贔屓《ひいき》にしていた役者や大晦日に掛け取りにきた商人《あきんど》を一人一人訪ねてみようと思っていた。駆け落ちしたとしたら相手がいるはずだ。

翌朝も、尚武と才蔵は一九と丈吉を引き連れて出かけて行った。ところがいくらも経たないうちに、才蔵が駆け戻ってきた。

「だれか早くッ。い、急いで来ておくんなせえッ」

「どうしたんですか」

「錦森堂の前で喧嘩がおっぱじまっちまったんで」

もぐりの万歳と鉢合わせをしてしまったらしい。一九と尚武がもぐりの二人に喧嘩を売り、殴り合いになった。まわりで囃《はや》し立てていた野次馬まで好き勝手に喧嘩をはじめて、今やどっちがどっちかもわからぬほどの大乱闘になっている。おろおろしていた才蔵も巻き込まれかけたが、このままでは大惨事になりかねないと、泡を食って助けを呼びに来たのだった。

喧嘩は江戸の華である。とはいえ、正月早々、派手な喧嘩をして怪我人でも出せば、お上からお咎《とが》めをうけるかもしれない。小伝馬町《こでんまちょう》の牢獄は目と鼻の先だから、騒乱のかどで牢へぶち込まれる恐れさえあった。

「とにかく、止めてもらわねえと」

丈吉はまだ子供である。大人にまじって喧嘩をして、怪我でもしたら一大事。一九だって病身ではないか。自分から殴りかかるとは、正気の沙汰とは思《と》えない。

「おっ母さん、あたしはひと足先に行くから、お栄さんと裏店《うらだな》で助《すけ》っ人を集めてちょうだい」

裏店の住人も喧嘩が大の好物だから、ふたつ返事で駆けつけたはよいがドサクサにまぎれて人の頭をぶん殴る、という心配もあった。それでもこの際、他に頼るべき助っ人は思いつかない。

才蔵に急《せ》き立てられて、舞は家を飛び出した。

三が日だっていうのにもう、なんでこんなことになっちゃうの――。

「奇人、気まぐれ、きりきり舞い、奇人、気まぐれ……」

「へ、なにか仰せで？」

「これはおまじないッ。あたしはね、いつだって、奇人の尻ぬぐいなのッ」

「へい。申し訳もねえこって……」


喧嘩は終わっていた。

道の真ん中に酒樽がデンと置かれて、そのまわりで男たちが輪になってあぐらをかいている。乱闘が酒盛りと化したのは、森屋治兵衛の機転とか。

「森屋さん。なんとお礼を言ったらよいか……」

輪の外に立って、番頭や手代が柄杓《ひしゃく》で酒樽の酒を配っている光景を放心したように眺めていた治兵衛は、舞を見るや、疫病神にでも出会ったような顔になった。

「わざわざウチの真ん前で喧嘩をはじめなくたって……。餅といい酒といい、先生には今年も思いやられますでがんすよ」

暴徒に店内へなだれ込まれてはかなわない。番頭や手代が喧嘩に巻き込まれれば、とんだとばっちりでお咎めにあうことも。犬の喧嘩は水で分けるというが、水など掛けてもおさまりそうにないので、治兵衛はやむなく手代たちに酒樽を運ばせたという。

おかげで騒ぎはあっというまに鎮まった。

「いいでがんすね。この分は、売れる本を書いて、きちんと返してもらいますよ」

最後の方は耳に蓋をして、舞は丈吉の姿を捜した。

「おう、こっちだこっちだ」

尚武の声に振り向くと、丈吉が尚武の膝下からぱっと立ち上がってこちらへ駆けてきた。尚武が丈吉を守ってくれていたのかと思いきや――。

「今、父ちゃんに話してたんだ。おいら、すっげえ強いんだぜ。もうちょっとで鼻をへし折ってやるとこだったのに。こーんなでっかいやつをサ、足にしがみついて引っ倒してやったんだ。蹴飛ばして馬乗りになって耳を引っぱって……」

「おやめなさいッ。喧嘩はいけないって言ってるでしょ」

「だけど祖父《じい》ちゃんがかかれーッて叫んだんだ。そしたら父ちゃんも、わるいやつらだからソレやっつけろって……」

舞は尚武に怒りの目を向ける。が、殺気を察知したか、尚武はもう舞を見てはいなかった。数人の男たちと談笑しながら酒を呑んでいる。

舞は丈吉に視線を戻した。

「で、そのわるいやつらってのはどこにいるの？」

「あそこ。祖父ちゃんとこ」

一九は酒樽のそばにいた。二人の男と今しも肩を抱き合わんばかり、大笑いしながら盃ならぬ茶碗を干している。めかしこんだ若造と田舎者風の中年男――そう、万歳の太夫と才蔵がいっしょだ。

舞はつかつかと歩みよった。

「お父っつぁんッ」

「おう、おまえも一献どうだ？　こいつはわしの娘での、なかなかの別嬪《べっぴん》だろう。ほしけりゃくれてやるぞ。おっと、もう嫁にいったんだったか……」

「お父っつぁん、いいかげんにしてちょうだいッ」

「御馳走と思いのほかの始末にて、腹もふくれる頰《つら》もふくれる」

「お父っつぁんッてば。帰るわよ」

「ありがたいかたじけないと礼言うて……」

「……いっぱい食べし酒のご馳走」

『東海道中膝栗毛《とうかいどうちゅうひざくりげ》』に出て来る弥次郎兵衛《やじろべえ》の狂歌の一首を口にした一九に合わせて、もぐりの万歳の二人組が口々に喜多八《きたはち》の返歌で応酬する。それがことの他一九を喜ばせたようだ。中風を患ってからというもの、思うように執筆が進まず懊悩《おうのう》している一九にとって、その名を世に知らしめた膝栗毛こそが心の拠《よ》り所なのである。

「気に入ったッ。おぬしらの万歳を許可してやる」

「わてらはマンザイではおまへん。上方《かみがた》のバンザイいう芸でおまして……」

「わかった、バンザイども、ウチへ来い。呑みなおすぞ。風呂桶でもかかあでも、なんでもくれてやる」

ここまできたら、もう腹を括《くく》るしかなかった。お上のお咎めがなかっただけでも不幸中の幸いと思うべきだろう。治兵衛が、いまだ放心状態でいることも。

「森屋さん。残りのお酒をいただいていきますよ。お父っつぁんが場所変えするそうですから」

舞の指図で錦森堂の手代たちが酒樽を持ち上げるや、まわりにいた男たちも一斉に腰を上げた。金魚の糞よろしく、一同、酒樽のあとについてぞろぞろと一九の家へ向かう。

四

「ではあの二人、上方の万歳というのは出鱈目《でたらめ》だったんですね」

舞は台所で才蔵と話していた。

まだ陽が高いのに酒樽は空、家中で酔いつぶれた男たちが鼾《いびき》をかいている。丈吉とお栄だけは、鼾ではなく絵を描いていた。ときおり丈吉の元気な声に、ぼそぼそと答えるお栄の低い声が重なる。声を発するだけでも上出来で、お栄が丈吉に人並み以上の好意を抱いているのがわかる。

才蔵は、うたた寝をしているえつをちらりと見てから、舞に膝をよせた。

「出鱈目も出鱈目。もぐりの才蔵役は上方生まれだそうですがね、なァにあいつら、竜田屋《たつたや》の下僕と手代でございますよ」

「竜田屋というと、元町で太物やら小間物やらを手広く商いしてる……」

「あこぎな商いだってんであんまし評判はよくありやせん。昨年、主人が若死にしちまって、後家が婿を物色中だとか。といっても商いは番頭まかせ、番頭もそのうちにゃァ店を乗っ取ろうってな算段か、後家のことは好き勝手にさせてるようで……」

この後家が万歳の太夫にひと目惚れ、熱を上げているという。

下僕と手代は後家から太夫の女房、ちょぼの話を聞いて、正月の荒稼ぎをしようと企んだ。いや、聞いたのではなく、実際にちょぼを目にしたのだろう。なぜなら、ちょぼは竜田屋で働いているからだ。

「働いて……タテのものをヨコにもしないおかみさんが？」

「働かされて、と言った方がいいか。おそらく、外へ一歩も出してもらえず、用事を言いつけられているんじゃねえかと……」

「それじゃ、人さらいですよ。御番所に訴えて……」

「けどまァ、身から出たサビでもござんすから」

ちょぼは博打に誘われた。竜田屋の後家がちょっとだけ……とかなんとか巧《うま》いことを言って家へ連れ込んだのだろう。賭け事に目が無いちょぼはのめり込み、次第に熱くなってやめられなくなった。そして大負け。払えない分は働いて返すとでも約束をしてしまったのか。評判から推し量っても、頭のネジが一本抜けたような女である。

「でも、なぜ竜田屋の内儀さんはそんなことを……あッ」

「へい。もぐりどもの話では、博打……てェほどのもんじゃないんでしょうが賽子《さいころ》で賭けをする遊びの席には、他にも後家の遊び仲間の女たちがいたそうですから……」

太夫の長屋には朝から女たちがかわるがわる見舞いにやってきたという。面白半分、本気も半分、鬼のいぬまにだれが太夫を落とせるか、女たちは競いあっていたのかもしれない。なぜ太夫がこんな女を女房に……と、日ごろのやっかみが高じた上でのわるだくみにちがいない。

「お父っつぁんの気まぐれも、多少は役に立ったってことですね」

いっしょに酒盛りをしなければ、ちょぼの居所はわからなかった。

「ええと……あたしはまず太夫さんにこのことを知らせます。駆け落ちじゃなかったとわかれば太夫さん、さぞやほっとするでしょう。それに……」

舞は木戸口ですれちがった、まさに触れなば落ちん風情の婀娜な姿を思い出していた。

「それに太夫さんだって男ですもの、魔が差してよろめくことだって……」

するとと才蔵は間《かん》、髪《はつ》をいれず「ないないないない」と片手を振る。

「そのご心配はありやせん」

「あら、どうして？」

「われ鍋にとじ蓋って言うじゃござんせんか、女房が女房なら亭主も亭主」

いぶかしげな顔をしている舞に、才蔵は大仰に目くばせをしてみせた。


ちょぼの行方を少しでも早く知らせてやりたいと、舞と才蔵は大川《おおかわ》の対岸、松坂町の太夫の家へ急いだ。太夫はもう起きていて、かたわらには先日のあの婀娜っぽい女が座っていた。

とはいえ、甘やかな……とか、しっとりとした……とか、そんな打ち解けた雰囲気はみじんもない。女が苛立っていることは、ひと目でわかった。そんなことはおかまいなしに、太夫は早口でなにやらまくしたてている。

「なにを話しているのかしら」

「むろん女房の話でござんしょう。といっても、どこへ行った、あれを見た、これを食べたと意味もないことばかり。あいつのおしゃべりは息をするのとおんなしですから」

「おかみさんといるときも、あんなにしゃべってばかりいるのかしら」

「それはもう、地震や火事だって、あいつの口封じはできますまい」

万歳をしているときだけは風格ただよう太夫だが、裏長屋で際限なくしゃべりつづけているときはどう見ても軽佻《けいちょう》浮薄《ふはく》。おまけにしゃべりながら食欲を満たそうと重箱をつつき汁をすすり……色男もカタなしである。

舞と才蔵が入って行くと、女はこれ幸いとばかり腰を上げた。引き止めようとした太夫の腕を振り切って、そそくさと路地へ出て行く。

舞はあとを追いかけた。

「お待ちください。もしや、竜田屋さんの……」

女は木戸を出たところでようやく足を止めた。

「ああ、やだやだ。一人でしゃべりまくってさ、それも出来損ないの女房の話ばかり。唾は飛ばすわ、米粒は散らすわ……。どこのどなたさんか知りませんけど、どうぞ、熨斗《のし》をつけてさしあげますよ」

「あたしはそんなんじゃ……」

「やっぱしねえ、見ぬもの清し、楽屋内は覗くもんじゃないってこと」

女は歩き出そうとする。

「待って。おちょぼさんは……」

「なんだ、おちょぼさんの知り合いかい。ご心配なく。すぐにお返ししますよ。まったくあの役立たずときたら、他人の言うことなんざ、これっぽっちも聞きゃしない。馬の耳に念仏とはおちょぼさんのことですよ」

竜田屋の後家は帰って行った。

舞は思わず笑い出している。口から先に生まれた亭主と、他人の話に耳を貸さない女房――働き者の亭主とぐうたらな女房は、案外、足りないところを補いあって幸せに暮らしていたのかもしれない。

長屋へ戻って、ちょぼが帰ってくると太夫に教えると、太夫は突如、別人のように活気づいた。大あわてで万年床をかたづけ、長持へ放り込んであった松飾りを戸口へ飾る。湯屋へ飛んで行き、一張羅《いっちょうら》に着替え、さらにはちょぼのために夕餉の仕度をはじめた。その間もひっきりなしにしゃべっている。

「兄い。おかみさんが帰ってきやしたぜ」

木戸口で見張っていた才蔵が知らせに来るや、太夫は木戸口へすっ飛んで行った。

舞もあとにつづく。今まで待っていたのは、ちょぼがどんな女か、ただ好奇心を満たさんがためだったのだ。

ちょぼは、ちょっとそこまで買い物に行ってきた、といった様子でこちらへ歩いてきた。大晦日に博打に出かけ、そのまま三日も帰らなかったことを別段わるびれるふうもなく、亭主に心配をかけて申し訳なく思っているといった素振りすらない。むしろ帰ってきたことを恩に着せているようにも見える。

ちょぼは小太りだった。取り柄のない凡庸な顔で、細い目はどこを見ているのか、下くちびるを突き出しているところはいかにも無愛想のきわみ……。

思い描いていた美女とはまったくちがったので、舞はあっけにとられた。

言葉を失っている舞の横で、太夫はちょぼに駆け寄り、その肩を引き寄せる。

「おまえ、どこへ行っちまったかと心配したよ。無事でよかった」

ちょぼは亭主の腕を邪険に振り払った。

「腹減った。飯は？」

「むろん、できてる。おまえの好きなものをこさえたよ」

「フン」

夫婦は木戸をくぐって長屋の一軒へ消えた。

五

三が日はすぎたものの、江戸はまだ正月らしい華やぎにつつまれている。

足元へ飛んできた羽根を拾い上げて、舞はこちらへ駆けてきた紅い頰の童女に手渡してやった。息をはずませているのは、夢中で羽根つきに興じていたせいだろう。早くも下萌えがちらつく道端で、もう一人、切り下げ髪の童女が早《はよ》う早うと手招きをしていた。

「羽子板に手毬《てまり》、べべも愛らしいし、女子《おなご》は女子でまた愉しかろうの」

尚武は目を細めて、羽根つきをする童女たちを眺めている。

「丈吉ちゃん一人でたくさん。子供が増えたら踊りの指南ができませんよ」

「そのときはそのとき。われらの子はなんとしてももうけねば。やはり女子だの。女房どのに似て別嬪なら、言うことなし」

「そんな、上手くゆくもんですか」

言い返しはしたものの、舞の眦《まなじり》も下がっていた。丈吉を養子にしたことを後悔してはいないし、愛《いと》しさは日々増していたが、やはり自分たちの子がほしいと舞も思っている。それなのに「一人でたくさん」などと言ってしまうのは、新妻の照れだろう。

尚武は照れなど持ちあわせてはいなかった。

「男子《おのこ》ならこれまた上出来。いくつでも凧《こま》を作ってやるぞ」

丈吉はこの日、裏長屋の子供たちと独楽まわしをして遊んでいた。お栄が久々に実家へ帰ったので、たまには夫婦水入らずもいいだろうと、舞と尚武は示しあわせて浅草寺《せんそうじ》へ初詣に出かけて来た。今年の三が日はひょんなことから尚武が万歳の太夫役に駆り出されてしまったため、今ようやく夫婦で正月気分を味わっているところだ。

「ともあれ子が授かるよう……となれば、真っ先に聖天宮《しょうでんぐう》か」

聖天宮は浅草寺の子院のひとつで、大川の西岸の待乳山《まつちやま》にある。聖天すなわち歓《かん》喜天《ぎてん》は夫婦和合と子宝の神として信仰を集めていた。

せっかく浅草寺へ詣でるなら聖天宮へも……もちろん舞も異存はない。

「それにしても、人は見かけによらないものですね」

待乳山へつづく川べりの道を歩きながら、舞は太夫とちょぼの顔を思い浮かべた。

尚武にもいきさつは話しているし、感想も述べているが、大晦日に博打に興じていた女房を叱らない太夫と、亭主を困らせても平然としているちょぼ、あの二人が夫婦だという事実がいまだにふしぎでならない。

太夫といえば、別人のように元気になって、才蔵ともども万歳に精を出していた。舞も二人の万歳を見物したが、さすがに息もぴったり、なんといっても太夫の凛々《りり》しさ美々《びび》しさは群を抜いていた。これがあの、涙と鼻水をたらしながら女房に捨てられた嘆きを憑《つ》かれたようにしゃべっていた哀れな太夫と同じ男とは、どう見ても思えない。

「夫婦喧嘩は犬も食わないっていうから、傍《はた》でとやこう言うことはないけれど……」

「ま、妙な夫婦なら、なにもあの二人にかぎったことではなかろう。お舅上《うえ》とお姑《はは》上もかなり変わっておると思うが……」

えつは一九の四番目の妻だ。一九には他にも数えきれないほど女がいた。大酒呑みだし酒癖は最悪、そうでなくても扱いにくい奇人の代表ともいうべき男である。どう考えても逃げ出した方がよいと思うのに、えつは日々愚痴を言いながらも、その愚痴を愉しんでいるかのように一九のそばを離れない。

「お栄さんと等明《とうめい》さんもとびきり変だったわね。お栄さんはおちょぼさんとそっくり。いえ、もっと酷かった。そもそもなんで等明さんはお栄さんと夫婦になったのかしら」

「余人にはうかがい知れぬ……うむ、胸の奥の奥の方で、なにかひびきあうものがあったのではないか。そうとでも思わねば訳がわからぬ」

「そうか。だったらあたしたちも」

「おれたちは、だれもがうらやむ夫婦の鑑《かがみ》ではないか。妙なところなどないぞ」

聖天宮は参詣の人々でごったがえしていた。夫婦和合を願う人がこれだけいるなら世は安泰だと、舞はひとりごちる。

ようやく最前列に出て参拝を終えたときだ。舞はあッと目をみはった。

「見て、あそこ」

「知り人か」

「噂をすれば……」

同じ最前列に並んで手を合わせている小太りの女は、なんと、ちょぼではないか。ちょぼは一心不乱に祈っていた。その横顔——どこといって見るべきところのない、愛嬌のかけらもない顔——はなぜか今、神々《こうごう》しくも感じられる。

気づかれないよう、舞は尚武の腕を引っぱって参拝の列から抜け出した。ただそれだけのことなのに、胸がはずんでいる。

「そうね」と、舞は尚武に笑顔を向けた。「女子でも男子でもいいわね」

おちょぼさんにもあたしにも、ややこが授かりますように――。

フフフと忍び笑いをもらした舞の手を、尚武の温かな手がつつみ込む。

呼び声、歓声、笑い声、笛や太鼓の音が流れるなか、新春のあわあわとした陽射しをあびながら、夫婦は待乳山を下って行った。

捨てる神あれば

一

立夏である。

万緑である。

というのに、卯月《うづき》曇りの空は今しも泣きだしそうだ。

「丈吉《じょうきち》ちゃん。そろそろ帰りましょ」

舞《まい》は朝日稲荷《あさひいなり》の祠《ほこら》の石段から腰を上げた。丈吉は朴《ほお》の木の下に突っ立って、一心に頭上を眺めている。

「ねえ、丈吉ちゃんてば。なに見てるの？」

「あそこ」

「あそこって、どこ？」

「あの葉っぱの上」

「え？　なんにも……。あ、雨蛙《あまがえる》……」

舞は眸《ひとみ》をこらして、大ぶりの葉の端っこにへばりついている豆粒ほどの雨蛙を見とめた。葉の色と同化しているので、よく動く目玉がなければ見分けがつかない。

「さっきまで枝のとこにいて、そのときは茶色だったんだ」

丈吉はけげんな顔である。

「雨蛙はいるとこによって色を変えるのよ」

「どうして？」

「小さいからね、蛇や鳥に見つかったら食べられちゃうでしょ」

「そんなの、ずるいや」

「生きてくためだもの、必死なのよ。といえばあたしだってそうだけど……」

舞はため息をついた。結婚を機に、実家の借家とおなじ地本《じほん》会所の敷地内で踊り指南の看板を掲げた。が、これまで稽古場があった本所尾上町《ほんじよおのえちよう》とここ日本橋通《とおり》油町《あぶらちよう》とは、両国橋《りようごくばし》の向こうとこっちで近いとは言えない。弟子の数はちょぼちょぼで、まだ稼ぎと言えるほどのものはなかった。

お父《と》っつぁん、当てが外れて、いい気味だわ――。

晩年は娘に頼ろうとの魂胆で、父の一九《いつく》は舞に踊りを習わせたと聞く。娘の恋路に横槍ばかり入れてきた一九も、今では玉の輿を取り逃がす原因となった自分の態度を悔やんでいるにちがいない。

『東海道中膝栗毛《とうかいどうちゆうひざくりげ》』で名を馳せた十返舎《じつぺんしや》一九も今や初老。生来の奇人ぶりに磨きがかかっているばかりか、近ごろは中風《ちゆうふう》気味で戯作《げさく》もさっぱりだ。その弟子である舞の亭主、今井尚武《いまいしようぶ》も無職の大食だから、舞の一家が「生きてゆくために」まさに汲々《きゆうきゆう》としてあえいでいるのは雨蛙の比ではなかった。

「あ、鳴いてる」

「鳴く力があるだけマシだわ。さ、帰りましょう」

ギャッギャッという体に見合わぬ大声を背中で聞きながら、歩きだそうとしたときだ。雨が落ちてきた。二人は手をつないで駆けだす。稲荷の裏手へまわり込むと、会所の方から傘を手に駆けてくる人影が見えた。

「おーい。迎えにきたぞーッ」

尚武である。丈吉は舞の手を離して、父、と信じ込んでいる男のもとへ駆けてゆく。

「庇《ひさし》の下で待っておればよいのに。濡れておるではないか」

「待ってたらいつになるか。どうせお父っつぁんと呑んだくれてるとばかり……」

「ま、素面《しらふ》とは言えんがの。先生が傘を持ってゆけと言われたのだ」

傘の下に身を寄せながら、舞は首をかしげた。父が――素面のときはむっつり、呑めば馬鹿騒ぎをする一九が――そんなまともなことを言うはずがない。

「お父っつぁん、熱でもあるの？」

恐る恐る訊《たず》ねると、尚武は呵々《かか》と笑った。

「麹町《こうじまち》のご隠居の使いだというご用人が訪ねてきた。それでわが女房どのを連れてこいと仰せられたのだ」

「麹町のご隠居ってだれ？」

丈吉が父母の顔を見比べながら質問する。

「お父っつぁんと昔ご縁があったお大名家の、元ご家臣です」

「おれも世話になった。いや、今もときおり世話になっておる」

「で、用件は？」

「さァな。しかしわるい話ではなかろう。先生は上機嫌ゆえ」

「そりゃ大変だッ。お父っつぁんの機嫌がよいときは災難が降りかかる。毎度のことですよ」

広いだけが取り柄の借家の、あらかたが質草に化けて家具調度の類がなにもない座敷で、一九と初老の武士が向き合っていた。

「おう、帰ったか。ここへここへ」

にこやかに片手を上げた一九の、生まれてこのかた目にしたことのない愛想笑いに、舞の不安はいやが上にも高まる。

「なにを突っ立っておるのだ。さ、ここへ」

「あ、はい。舞にございます」

尚武にうながされて、舞は父と夫のあいだに座った。両手をついて客に挨拶をする。

「こちらは麴町のご用人の笹部《ささべ》さまだ。実はご隠居がわしらに頼みがあると仰せでの。むろん、礼はたんまりと……」

一九の上機嫌は、礼が破格のものだと知ったからだろう。一九、妻のえつ、娘の舞にその夫の尚武、尚武の養子ということになっているが実際は一九の落とし子らしき丈吉、それに居候《いそうろう》のお栄《えい》まで、これだけの腹——底なしもふくめて——を満たすには、もはや、なりふりかまってはいられない。

笹部は鷹揚《おうよう》にうなずいた。

「なにとぞ、ご一家皆々さまのお力をお貸しいただきたい」

話はこうである。

麹町の隠居は、主家である小田切《おだぎり》家の肝煎《きもい》りで、ある縁談の仲立ちをつとめることになった。つまり、都のやんごとなき姫を某旗本家へ輿入れさせる、というものだ。ところがこの縁組を快くおもわぬ輩《やから》がいるようで、京から下ってきた姫の周辺で不審な出来事が相次いで起こった。

「不審な出来事とは、どのようなものにございますか」

「火の気のないところから小火《ぼや》が出て姫さまのお衣装が燃えた。濡れ縁に細工がほどこしてあったのか、幸いお怪我はなかったものの姫さまのお御足が床板を踏み破った。姫さまのお床《とこ》下に藁《わら》人形がおかれていた……とまァ、いずれもたいしたことではないのだが、万、万が一にもお輿入れ前の姫さまの身になんぞあっては一大事」

そこで、婚儀の仕度がととのうまでひと月余りのあいだ、姫を預かってもらいたい、というのが麹町の隠居の頼みだという。

「よもや、やんごとなき姫さまが、かような下々《しもじも》の家におるとはお釈迦様《しゃかさま》でも思うまい。むろん、その間の手当ては十二分につかわすゆえ、よろしゅう頼む、とご隠居さまは仰せじゃ」

素性を知られぬよう、その上で姫が危難にあわぬよう、総力を結集して守ってほしいというのが、たっての願いとか。

「いかがにござろうか」

「いかがもなにも。これなる愚息が槍鉄砲でお守りいたす」

打てば響くように答えて、一九は尚武を見た。

「ははァ。かしこまってござる。この命に代えましても」

勇ましく答えた二人は、舞に期待に満ちた視線を送ってきた。下手な芝居を観ているようだと内心あきれながらも、舞は思案にくれる。

「やんごとなき姫さま、ねえ……」

預かるのはいい。もしここが世間並みの家であるならば……。

ところがこの家は、奇人の巣窟《そうくつ》、だった。喉から手が出るほど呑み代《しろ》がほしい一九は、その必死さのあまり今はまともなフリをしているが、銭を手に入れたらどうなるか。酔っぱらって騒ぎだすのはまちがいない。姫の前で裸踊りだってしかねない。となれば師匠につづけとばかり尚武もなにをやらかすか。母のえつも近ごろは深酒をして家事を放棄することがままあった。丈吉は下々の子供だから姫に無礼を働くかもしれないし、それどころか、さらなる難題があった。お栄である。葛飾北《かつしかほく》斎《さい》の娘はこれまた常識のジの字もない。自己本位で偏屈で辛辣《しんらつ》で無作法で、しかも大食いだ。やんごとなき姫が、このすさまじい面々にかこまれて無事にひと月余り、生きのびられようか。正体不明の嫌がらせの方が、まだしもマシではなかろうか。

それでも、否を言うことはできなかった。両側から一九と尚武が脇腹を小突いてきたからだ。二人の必死な目を見れば……いや、一家の窮地に鑑《かんが》みれば、棚から降ってきた牡丹餅《ぼたもち》に手を伸ばさずにはいられない。ここはなんとしても、姫を預かって守りとおすしかなさそうだ。

「承知しました。ご隠居さまには、お任せください、とお伝え願います」

奇人気まぐれきりきり舞い――。

胸の中でおまじないを唱えて、舞は大いなる不安を払いのけた。

二

「お栄さんってば、ねえ、聞いてるの？　都のやんごとなき姫さまなんだから」

舞はお栄のかたわらへ這い寄った。

いつものことながら、お栄はウンともスンとも答えない。

「ねえねえ、いいこと、頼むから問題を起こさないでよ。礼儀正しく、挨拶を忘れず、言葉づかいはていねいに……」

「うるさいねえ。あっち行っとくれ」

「でも、これだけは言っとかないと。姫さまのお世話をするのは、あたしたちの食い扶持《ぶち》のためでもあるってこと。お栄さんだってここでおまんま食べてるんだから、そうよ、二人前も三人前も食べてるんだから、少しは愛想よくしてもらわなきゃ……」

「ぎゃあつく言うから、ほら、皿がいびつになっちまった」

どうしてくれるのサと、お栄は筆を止め、左右の離れた細い目で舞をにらみつけた。

舞はお栄の手元を覗《のぞ》きこむ。

「また、河童《かっぱ》？」

「わるかったね」

「わるかないけど……蛙だの蛸《たこ》だの蜘蛛《くも》だのミミズだの……もう少しまともなものを描けばいいのに」

「枕絵も、描いてる」

あッと舞は両手を泳がせた。

「だめよ、だめだめ。姫さまがいるときは、枕絵は絶対にだめ」

「なんでだ？」

「卒倒しちゃうかもしれないでしょ。なにせ、やんごとなき姫さまだもの」

フンと鼻を鳴らして、お栄は絵に戻った。甲羅を背負い、頭に皿をのせ、大きな水かき、三角の剽軽《ひょうきん》な顔をした河童は、よく見れば裸だ。

「いいわ。そもそも、愛想よく、なんて言ったあたしが馬鹿だった。お栄さんは河童に専念してちょうだい。その方がいっそ安心だわ」

舞は階下へ下りてゆく。

結婚前、舞は二階の座敷で、尚武はおなじ敷地内の会所の一隅で暮らしていた。今は会所の一隅は踊りの稽古場、二階が夫婦の新居である。お栄も二階の小座敷をわがもの顔につかっていた。出て行ったかと思えば舞い戻り、かと思えばまたいなくなる……お栄は河童よりつかみどころがない。

触らぬ神に祟《たた》りなし――。

舞は首をすくめた。

台所では、えつがしどけない格好で壁によりかかっていた。

「おっ母《か》さん。ねえ、今日はやんごとなき姫さまがおいでになるのよ。これからひと月、お願いだからお酒は呑まないでちょうだい」

「やんごとなんぞ、あろうがなかろうが、あたしゃ知りませんよ。なんだい、だれもあたしにゃ訊《き》きもしないで……おまえたちで勝手にやっとくれ」

えつは、自分が相談をうけなかったので、へそを曲げているらしい。

「あたしはてっきり、お父っつぁんが真っ先におっ母さんに相談したものと……」

「あたしなんかどうだっていいんだよ、あの人は。おまえはれっきとした娘だけど、あたしは三番目か四番目か五番目かの女房だもの」

「ちがうわ。あたしを呼んだのは、あたしがもう今井という他家の女になったからよ。今までだったらあたしだって相談なんかされなかった。お父っつぁんはね、自分が家長で、おっ母さんは一心同体、だから相談する必要なんてないと思ってるのよ」

「フン。独りじゃなんにもできないくせに」

吐き捨てはしたものの、えつの顔はいくらか和らいでいる。

「ねえおっ母さん、お願い。おっ母さんが助けてくれなきゃ夜《よ》も日《ひ》も明けないわ。

姫さまだって、なにも悪気はないんだし……」

「そりゃそうだけど……」

「むしろお気の毒だわよ。見知らぬ家へお嫁にゆくためにはるばる京からきたってだけでも心細いのに、嫌がらせなんかされてサ。ね、あたしたちで助けてあげなくちゃ」

舞の熱意にほだされたのか、えつはようやくうなずいた。

「で、礼金はいかほどだって?」


やんごとなき姫の到着まであと数刻。というのに一九の怒声が鳴り響いている。

「お父っつぁん、いったいどうしたのよ?」

舞は居間を覗いた。

ぎょっとのけぞる。一九が座敷の真ん中で、筆を手に仁王立ちになっていた。その足元に這いつくばって、尚武が硯箱《すずりばこ》で墨を磨《す》っている。

「遅いッ。愚図めッ。早《はよ》うせいッ」

「ははァ、しばしお待ちを」

「待てるか、馬鹿たれッ。まだ山ほどあるんだぞ」

　二人がなにをしているかは一目瞭然だった。壁や襖《ふすま》に絵を描いている。めったやたらに描きなぐっているのは山水画でも花鳥画でもなく、家具や調度の絵だ。もし本物に見せようとしているのだとしたら、それは、まったくの無駄骨――というよりとんでもない勘ちがい――と言わざるをえない。

「次へゆくぞ。おっと、畳に円座《えんざ》も描いておくか」

「されば、こちらの筆を」

　なんという馬鹿さかげんか。

「おやめなさいッ。やめてーッ」

　舞は金切り声をあげた。

「いいかげんにしてちょうだいッ。座敷を墨だらけにしてどうするの？」

「あまりに殺風景ゆえ、姫さまにはお寂しかろうと……」

「そうか。墨だけというのがまずかったか。尚武、お栄になにかないかと……」

「お父っつぁんッ」

　やんごとなき姫は、公家の姫としてここへ来るわけではない。素性を偽って、京の知人の娘になりすますことになっていた。となれば、よけいな飾りたては無用だ。人目をひくことこそ、つつしまなければならない。諄々《じゅんじゅん》と諭して、ようやく絵を描くことだけは断念させたものの……。

「こまったわねえ、墨だらけじゃないの」

「だったら元に戻しておけ。尚武、出かけるぞ」

「出かけるって、どこへ？　ちょっと、ねえ、お酒じゃないでしょうね？　あ、もう礼金を当てにしてるんじゃ……だめだめだめ、だめよ、それだけは」

舞は二人の行く手をふさごうとした。が、あえなく尚武に押しのけられる。

「先生は病んでおられるのだ。逆ろうて手がつけられぬようになったら、姫さまどころではあるまい」

「でも、今日はその姫さまが……あ、待って。家族の総力で、槍鉄砲で、お守りするんじゃなかったの？」

「するとも。不寝《ねず》の番のために英気を養うのだ」

二人は出かけてしまった。

ああ、やっぱり貧乏くじを引いたのはあたしだ――。

地団太を踏んだところで後の祭りである。

「丈吉ッ。丈吉ちゃーんッ。どこにいるの、出てらっしゃーいッ」

残るは丈吉。舞はせめて丈吉に、最低限の礼儀を仕込んでおくことにした。

三

　やんごとなき姫は、昼も遅い時刻になって到着した。行先を知られぬよう江戸市中を歩きまわっていたそうで、笹部は疲れ切った顔である。が、肝心の姫は疲れるどころか、まだまだ歩きたそうな顔をしていた。

　姫は御歳十五、色白の下膨れは雛《ひな》人形のように愛らしい。髪をおすべらかしにして打掛をはおれば、どこから見ても公家の姫である。今は島田髷《しまだまげ》を結い、黒衿をかけた黄八丈《きはちじょう》に黒繻子《くろじゅす》の帯という町娘のいでたちだ。

「姫さまではまずいゆえ、これよりは……」

「まあ。うちは、まあ、言います。あんじょうおたの申します」

　まあ姫は両手をついた。その声は明るく、物怖《ものお》じしない性格なのか、話し方も歯切れがよい。

「さすれば姫……おっと、まあどの、江戸庶民の暮らしを知ることは、後々の役に立つやもしれませぬ。なにかとご不便もあろうかと存じまするが、お迎えに参上いたしますまで、なにとぞご辛抱ねがいたく……」

「心配おへん。髪もべべも、うちは好きや。ここかて面白そうやしなぁ」

くるりと見まわした目を舞の上で留めて、にっと笑った顔も愛くるしい。

「しからば、くれぐれも、人目に立たぬよう」

「麹町の爺《じい》になんべんも言われましたさかい、耳が痛《いと》うなってもうたわ」

まあ姫はぷっと頬をふくらませた。

笹部は腰を上げる。

「さればそれがしはこれにて。ところで一九先生は……」

「あ、お父っつぁんは、急な仕事で出かけております。ご隠居さまに、姫さまのこと、しかとお預かりいたしました、どうかご安心くださいと……」

言い切る前に、井戸のあたりが騒がしくなった。

「ひとすじに、親子とおもう女より……てェのはどうだ。タハハハハ」

自著の中の一句を詠じて馬鹿笑いをしているのは一九か。

「……ただふたすじの銭儲けせり。ワハハハハ」

高笑いで応じたのは尚武だ。

「あれは?」

「裏長屋の者たちでしょう。いやですねえ、日暮れ前だというのに酔っぱらって……ええと、ちょっと、文句を言ってきますから、おっ母さん、笹部さまをお見送りして」

「あ、はいはいはい。どうぞこちらへ。ご苦労さまでございました。さささ」

舞とえつ、二人は、かろうじてその場を切りぬけ、笹部を送りだした。一九の泥酔した姿を目《ま》の当たりにすれば姫の身が心配になって、今回の話、反故《ほご》にすべしと隠居に進言するかもしれない。反故になれば礼金は入らない。それだけではなかった。すでに一九と尚武の腹の中におさまってしまった分はどうなるのか。

「言ったでしょう、姫さまがいるあいだはお酒を呑まないでって。いったいどうするつもりなのよ」

舞は尚武に咬みついた。一九の耳にはなにを言っても念仏とわかっている。

「なぁに、ありのままを見ていただけばよいのだ。江戸の暮らしを知るにはそれがいちばん」

「それはふつうの……ごくありきたりの家の場合です。江戸ではみんな、こんなふうに昼日中《ひるひなか》から一家の主が酔っぱらってる、なんて思われたらこまるでしょ」

「まぁまぁ、そう目くじらを立てずに……。で、姫さまは無事、到着されたのか」

「今しがたおいでになりました。姫ではなく、まあ、とお呼びするようにとのことです」

まあ、と一九が頓狂《とんきょう》な声を出した。聞こえてはいたらしい。

「まぁまぁと、なだめられたる矛の先、金《かね》の生《な》る木をまぁ、ひと目見ん」

即興で狂歌を詠じながら、千鳥足で玄関へ向かう。引き止めたところで、厄介事を先のばしにするだけだろう。まあ姫がひと月余り、滞在するとなれば、見ぬもの清し、とばかりはいかない。ここは尚武が言うように、ありのままを見せた方がよさそうだと舞も思いはじめていた。そうすれば、この先なにがあっても、ここよりはマシと思えるはずで、その方が姫のためにはなりそうだ。

「とにかく紹介だけはしておきます。おかしなことを言いだすようなら、お父っつぁんを連れだしてくださいね」

尚武によくよく言い含め、舞は二人を引き連れて家へ戻る。

まあ姫は、まだ小座敷にいた。その格好をひと目見るなり、舞はわるい夢でも見ているのかとおもった。一九と尚武のせいで呑みもしない酒に酔ったのか。

「まあどのッ。なにをしているのです？」

まあ姫は着物の裾をめくって腹這いになり、畳に片肘をついて手のひらに頬をのせている。もう一方の手は袖をまくり上げて、二の腕までむきだしにしていた。こちらも肘をつき、おなじ格好で向き合う丈吉と手を握り合っている。まあ姫も丈吉も顔を赤らめ、歯を食いしばって、必死の形相《ぎようそう》だ。

そう、二人は腕相撲をしているのだ。

「まあどのっ。丈吉ッ」

「よい、えは、ないか。まぁまぁまぁ、よいひょいひょい、ほれふれはれ……」

一九は早速、二人の真ん中にあぐらをかいて両手をふりまわした。ますます酒がまわってきたのか、ろれつがまわらない。

「ほい。トンマ。ぶったって、見てる、ばあいかッ」

一九に急《せ》かされて、尚武はふところから扇を取りだした。

「まあどの、がんばれ。丈吉、負けるな、わっしょいわっしょいわっしょい……」

今ひとつ気合には欠けるものの、仁王立ちになって扇を左右にふる。

「お、まあどの、なかなかやるのう」

「丈吉、いいぞいいぞ。もうひと息だ」

舞は、あきれはてていた。いくら丈吉にそそのかされたにせよ、都のやんごとなき姫が腕相撲をするなんて……。それにしても一九のはしゃぎぶりはどうだろう。見まわせば敷居際で、えつまで手を叩いている。

「まあどのの勝ちーッ」

接戦を制したのはまあ姫だった。丈吉は肩で息をしながら悔しそうにくちびるを咬んでいる。そのくせ姫に笑顔を向けられると、てれくさそうに笑ってみせた。

「面白おすなァ。うち、もっとやりとおす。どなたはんか、相手しとくれやす」

白い二の腕をむきだしにしたまま、まあ姫は上気した顔で一座を見わたした。無邪気というか、天衣無縫というか。

舞は姫のそばへ行って袖や裾をととのえてやった。

「まあどの。腕相撲はこのくらいになさい。それより、家の者たちを紹介します」

となれば、まずは一九だ。奇人でも呑んだくれでも、家長は家長なのだから。

舞はまあ姫に一九を紹介した。中風病みの六十男は、貧相でむさくるしい上に、酷く酒臭い。天真爛漫で他人の顔色など気にかけたことがなさそうな姫は、露骨にいやな顔をするのではないか。そうなれば一九も依怙地《いこじ》になる。不安を抱えての紹介だったが――驚いたことに、舞の心配は杞憂《きゆう》に終わった。

まあ姫は「まァ」と目をかがやかせた。そればかりか、心底うれしそうに一九のそばへにじりよった。

「麹町の爺《ゆ》が言うてはりました。うちが厄介になるとこのお殿さんは、本をぎょうさん書かはった偉ーいお人やて。ほんまどすか。ご本、うちにも見せとくれやす」

お雛様のような顔が目の前で微笑《ほほえ》んでいる。酔いの中をただよっていた一九は、自分が極楽の蓮の上で天女に話しかけられているとでも思ったのかもしれない。殿だの偉いだのと言われたのが、近年とみに目減りしている自尊心をよみがえらせてくれたのか。

一九は、この瞬間、やんごとなき姫のとりこになった。

「あちこち旅をしやはったって……。ほな、都にもおいでたんどすか」

「うむうむ、行ったとも」

「いやァ、うれしいわァ。偉いお殿さんと都のお話、できるやなんて」

「ま、さほど、偉《えろ》うはないが、のう。話し相手なら、いくらでも、なってしんぜよう。ハッハッハッ……」

「お父っつぁん。都の話はあとにしてください。まあどの。そこなる女性《にょしょう》は偉ーいお殿さんの奥方さま、あたしのおっ母さんです。それからこの人はあたしの亭主の今井尚武、こっちが息子の丈吉。あ、いけない、あたしは舞、踊りを教えています」

「踊りッ」と、まあ姫はまたもや目をかがやかせた。「うちにも教えとくれやす。

うちも踊りとおす。ね、ね、おたの申します」

好奇心が旺盛なのはよいとして、やんごとなき姫にしては軽々しすぎはしないか。人なつっこすぎるし、闊達《かったつ》すぎると舞はいぶかったものの――。

「そのうち教えてあげますよ。このウチにはもう一人、お栄さんという女の人がいます。名だたる絵師の娘で、自分でも絵を描いていて……」

「絵ッ」と、まあ姫は両手を揉み合わせた。「あァ、うちにも絵、描かせてもらえまへんか。なんの絵、描いてはりますのや」

舞と尚武は顔を見合わせる。

「まあどの。なにをするにせよ……まずは、ここでの暮らしに馴《な》れることです。これからまあどのが寝起きする部屋へ案内します。いらっしゃい」

一九はもう、半ば酔いつぶれていた。天女の夢でも見ているのか、いつになくおだやかな半眼である。

舞はまあ姫をともなって座敷を出た。笹部に託された風呂敷包みをかかえている。

まあ姫の部屋はあらかじめ、奥まった三間つづきの座敷と決めてあった。なぜなら、ここだけは畳が畳らしく保たれているからだ。毛羽だって黄褐色にやけているのはおなじでも、焦げ跡や墨の染みはほとんどない。左右の襖をとっぱらって舞の祝言《しゅうげん》につかったのもこの部屋だった。

「さ、ここですよ」

襖を開けたとたん、またもやのけぞりそうになる。

足の踏み場もないほど紙がちらばり、その真ん中でお栄が絵を描いていた。

絵は――河童だ。

「お栄さんッ。言ったでしょ、姫さまがいらっしゃるって」

「フン」

「フンじゃないわ。お栄さんの部屋は二階じゃないのッ」

「そうだっけ？」

「そうだっけ、ですってッ」

「あんな狭いとこ……」

「二階がいいって言ったのはお栄さんでしょ。ああ、もう、どうするのよ、こんなにちらかしちゃって」

ところが、怒っているのは舞だけだった。まあ姫は目をらんらんとかがやかせて、河童の絵に見入っている。

「まあどの、すぐに片づけさせますから……。まあどの？　まあ……」

まあ姫は舞の話など聞いてはいなかった。

「これ、みぃんな、お独りで描かはったんどすか。こないにすごい絵、はじめて見ました。偉い絵描きはんなんどすなァ。紙から飛び出して、こっちへ歩いて来はるようやわ」

お栄の手が止まった。

まあ姫は紙を重ねないようにかき分けながら、お栄のかたわらへ這い寄ると、熱心にお栄の手元を覗き込む。

「これ、なんどすね?」

「河童」

「かっぱ? どこにすんではりますのん?」

「川」

「こないにぎょうさん? うちも川へ行けば見れますのん?」

「見えたり、見えなかったり」

「ひゃァ、見たいわァ。ほんでもみんな、お顔、ちごてはる」

ひゃァと驚くのは舞の方だった。無愛想の権化のようなお栄が、あいかわらずのぶっきらぼうとはいえ、初対面の姫の問いに答えているのだから。

「おっ母さん。やんごとなき姫さまって、ほんとにいるんだわねえ」

台所でえつと夕餉《ゆうげ》の仕度をしながら、舞はため息まじりにつぶやいた。

まあ姫は、あのお栄まで手なずけてしまった。いとも易々《やすやす》と。お栄がこれまでだれにもふれさせたことのない絵筆を貸してやったので、姫はお栄のとなりに座っておとなしく河童の絵を描いている。

「あれなら、どこへ嫁いでも上手くやっていけますね」

「だといいけど……」

えつの返事に、舞は目を上げる。

「なにか気になることでも？」

「そういうわけじゃないけど。いえね、住み馴れた都を離れて江戸へお嫁に来るってのは大変なことですよ。あたしなら、頼まれたって姫さまになんかなりたくないねえ」

「フフフ、おっ母さんにはだれも頼まないわ」

「それにしたってサ、娘を見知らぬ土地へお嫁にやる親も親だよ」

「いろいろ事情があるんでしょ。大名家もお旗本も、公方《くぼう》さまだって、ご正室には都の姫さまをお迎えしたがるものだって。それだけで箔《はく》がつくもの」

「箔のために売られるってことだろ」

「売られる？」

「そりゃそうですよ。親にしたら、背に腹は代えられないってとこじゃないかい。霞《かすみ》を食って生きてけないのはいずこもおなじ」

まあ姫が、親に売られた、というのか。母の話に舞は目をみはった。

「だけどおっ母さん、まあどのはやんごとなき姫さまなんだし……」

「やんごとないからって、裕福とはかぎりませんよ」

「そうか……そうね、おっ母さんの言うとおりだわ」

まあ姫があまりにくったくがないので、そんなことまで考えなかった。けれど思えば、麴町の隠居が婚礼仕度をするというのは、公家の姫を迎えて箔をつけたい旗本家とお金のほしい公家のあいだで取引が成立した、ということだろう。小田切家だってひと肌ぬぐことで得るところがあるにちがいない。

「おっ母さんの話を聞いたら、なんだか、まあどのが可哀想になっちゃった」

「まァね、結婚なんてみんなそんなものかもしれないよ。おまえだって玉の輿玉の輿って騒いでたじゃないか」

「そうだけど……。どこでどうまちがえたか、素寒貧《すかんぴん》をえらんじゃった」

舞が大仰にため息をつくと、えつはくすくす笑った。

「それだけはお父さんさまさまだ。惚れた者同士がいっしょになるなんて、今どき、そうそうあるこっちゃないんだから」

四

まあ姫は今や舞の家族の一員だ。「まあどの」はほどなく「おまあさん」になり、一九やお栄など「おまあ」と呼びつけにするようになって、だれからも親しまれている。

実際、まあ姫のおかげで、一九の怒声も前ほど聞かれなくなった。笑顔とはいかないまでも、お栄の仏頂面も心なしか和らいでいる。なにより遊び相手ができた丈吉は大喜びで、次々に新たな遊びを考案してはまあ姫と笑いころげていた。

笹部からは人目につかぬようにと言われている。が、井戸は裏長屋の住人たちと共用だから、まあ姫が近所の人気者になるのも止めようがなかった。

「あたしら、はじめは一九先生の落とし子じゃないかって噂してたんだよ。けど、むっつりの先生と愛嬌のあるおまあさんじゃ、どう見たって父娘《おやこ》にゃ見えないよって……」

やんごとなき姫は、あわや一九の——たぶん全国各地にちらばっている——落とし子の一人にされるところだった。幸いにもまぬがれ、一九が京で世話になった大店《おおだな》の娘という話に落ち着いている。一九はそれ以外にも戯作者の本領を発揮して勝手な身の上話を吹聴していたが、だれも信じてはいないようだ。

「ほう、ふむふむ、ご両親を火事で……それはお気の毒な……。あ、あれれ、先生、先日は流行病《はやりやまい》でお亡くなりになったと言われましたよ。確かその前は店がつぶれて首を括《くく》ったと……」

書肆《しょし》の、錦森堂《きんしんどう》の主の森屋治兵衛《もりやじへえ》も、まあ姫に惚れ込んだ一人だった。

「先生。いったいどちらでがんすか」

「うるさいッ。どっちのがんすでも好きにしろッ」

中風に罹《かか》ってからは仕事がとどこおりがちなので、今は二人の関係も昔のような蜜月とはいかない。

「どっちでもったって……そうはいきません。おまあさんをぜひ息子の嫁に……てなお人もおりますんで……」

「嫁だと？　アホ、馬鹿、トンマ、唐変木《とうへんぼく》のスットコドッコイ」

「しかし先生、驚くなかれ、これがお大尽、銭はいくらでも出すそうで……」

「帰れッ。このトチメンボウッ。相手が大名家でも公方さまでも、断るッ」

それはそうだろう。まあ姫はすでに嫁ぎ先が定められているのだ。どんなにお大尽でも——お大尽に目のない一九でも——これぱかりは飛びつけない。

姫を送りとどけたあの日から、笹部は一度も顔を見せなかった。行き来などして姫の素性がばれれば、また嫌がらせがはじまるかもしれない。それを警戒しているのだ。

今のところ、不審な出来事は一度もなかった。

「あと少しでおまあさんとお別れとは、おなごり惜しいねえ」

「だったらサ、江戸見物に連れてこうよ」

「そうですね。お旗本家へ嫁いだら窮屈な暮らしが待ってるんだし」

「ここまでくればもう心配なかろう。先生、いかがにござろうか」

「よしッ。いっちょくりだすか。尚武、護衛をせい。丈吉と舞と……」

舞はえつを見た。出不精のえつが、めずらしく身を乗りだしている。

「お父っつぁん。留守番がお栄さん一人じゃ役に立たないし、踊りの稽古もあるから、あたしも留守番をするわ。おっ母さんに行ってもらって」

「いいよ、あたしは……」

「なに言ってるの。おっ母さんがいっしょなら、おまあさんも喜ぶわよ」

そんなわけで、梅雨の合間のからりと晴れた一日、まあ姫と一九夫婦、尚武と丈吉、それに話を聞きつけた森屋治兵衛までくわわって、一行は江戸見物に出かけて行った。一九が治兵衛の同行を許したのは、治兵衛がいれば舟や駕籠《かご》、料理屋まであつらえてもらえると聞いたからだ。となれば、浅草寺《せんそうじ》や不忍池《しのばずのいけ》だけでなく、深川か向島《むこうじま》か、大川《おおかわ》遊覧を愉しむこともできる。

おまあさん、今ごろはしゃいでるわね、きっと――。

自分から辞退したくせに、舞は皆の愉しそうな顔を思い浮かべてため息をついた。

弟子たちの稽古を終えて母屋へ戻ったのは昼時だ。玄関先でおやと首をかしげる。女用の駕籠がおかれていた。目の先の木立の陰で陸尺《ろくしゃく》が二人、煙管《キセル》をくゆらしながら立ち話をしている。

もしや、まあ姫の身になにかあったのか。それにしては、陸尺ものんびりしているし、家の中もひっそりしている。鳩尾《みぞおち》を押さえながら玄関へ足を踏み入れた舞は、そこであっと声をもらした。

笹部がかまちに座っていた。舞を見て安堵の色を浮かべる。

「呼んでもだれも出て参らぬゆえ……」

「いったい、どうなさったのですか」

「今夕、当家にて恒例の連歌会が催される。今になって、ご隠居さまが姫さまも列席するようにと仰せられた。あわてて迎えに参った次第にて……」

連歌会は毎年、蛍の季節に開催されているもので、せっかく都の姫がいるのだから参列させようという話になったとか。しかもこの会には、姫の許嫁《いいなずけ》である旗本家の当主も招かれているという。

「姫さまはご息災にござるか」

「え？　ええ、えええええ、むろん……」

「さすれば早速」

「あ、あ、姫さまは、ええと、お昼寝中にございます。は、はい。すぐにお起こしいたしますが、うら若き娘の身ゆえ、少々お仕度にはお手間が……」

一家うちそろって江戸見物にくりだしたとは言えない。なんとかこの場を切りぬけるしかなかった。

「わたくしがお連れいたします。万全の護衛をしてお送りいたしますから、笹部さまはひと足先にお戻りになり……」

「さればお待ち申そう」

「いいえ、先に戻ってお仕度を……と申しますのは、やんごとなき姫さまはお嫁入り前の大切な御身でもあられますし、皆さまにお顔をお見せするのはいかがなものかと……」

「それは、まァ、さようじゃが……」

「その旨、ご隠居さまにもご了承いただきませんと。姫さまのお席は出入り口のそばにあつらえ、衝立《ついたて》なども」

「しかしそれではせっかくの……」

「では、出衣《いだしぎぬ》はいかがですか。古《いにしえ》の御所風俗にならって衝立の下方よりきらびやかなお衣装の裾を覗かせて座に華をそえる、というのは?」

舞は笹部から、姫はあくまで見物のみ、顔は見せない話もしないとの約束を取りつけた。ひと足先に笹部を送りだすや階段を駆け上る。

「お栄さんッ。お栄さんってばッ。お願い、手を貸して」

お栄は相変わらず河童を描いていた。が、それは家族だったり群れだったり、背景も丁寧に描かれて物語を感じさせる絵だ。もっとも、今は感心している場合ではない。

「お栄さん、あたしと麹町へ行ってもらえないかしら」

「やだね」

「笹部さまがいらしてたのは知ってるでしょ。声が聞こえたはずだわ。大変なことになっちゃったのよ。麹町から呼びだされたのに、おまあさんは江戸見物で……」

「知るか」

「知るかって……そんな、他人事《ひとごと》みたいに……」

「他人事だろ。勝手に出かけたんだから」

舞はまじまじとお栄の顔を見た。お栄は、自分が江戸見物に誘われなかったので、きげんをそこねているのか。きっとそうだ。絵を描くのに忙しくてどうせ行かないだろうと誘わなかった。が、本当は誘ってほしかったのだ。

「お栄さん、ごめんなさい」舞は両手をついて謝った。「みんながお栄さんもいっしょに、と言ったのに、あたしが行きっこないって言っちゃったの。だれよりも、おまあさんががっかりするとわかってたのに……」

お栄は尻をもぞもぞさせた。

「わるいのはあたし。だけどあと数日でおまあさんはお嫁にいっちゃうのよ。もう会えないかもしれない。だからおまあさんがいるあいだだけは……」

「わかってる」

「だったら、ねえ、お栄さん、あたしたちでおまあさんを助けてあげましょうよ」

お栄はようやくうなずいた。

「で、なにすりゃいいんだ？」

「おまあさんに、なりすますの」


お栄にまあ姫の役を頼んだのは、他にだれもいなかったからだ。追いつめられていなかったら、だれが、そんなおぞましい茶番を思いついたか。

舞とお栄は連歌会がはじまる直前、小田切家に到着した。人目を忍んで裏御門から駕籠のまま乗り入れ、あつらえられた仕度部屋の濡れ縁のかたわらに下り立つ。人払いの上、被り物で顔を隠したまま、お栄は部屋へ入った。

幸いなことに屋敷内はざわついている。麹町の隠居も客の応対で忙しいのか、まあ姫にかまっているヒマはなさそうだ。

「やだよ、こんなもん」

「おまあさんのためよ、がまんがまん」

鬼瓦のような顔に美々《びび》しい打掛を着せられ、赤茶けた髪をかもじと被り物で隠したお栄を見て、舞はこんなときにもかかわらず噴き出しそうになった。打掛の裾だけで顔は見せないとの約束だからよいものの、もしお栄の姿が人目にさらされたら、驚愕《きょうがく》と嘲笑《ちょうしょう》がわきおこって、連歌会はめちゃめちゃになってしまうにちがいない。

「いいわね、あとはあたしに任せて、じっと座っててちょうだい」

笹部の先導で、扇で顔を隠したお栄は舞と共に広間へ向かう。さすがに笹部だけは異変に気づいたようだが、今さら騒ぎたてたところでどうなるものでもないと腹を括ったか、蒼《あお》ざめた顔ながらも問いただしてはこなかった。

二人は広間の一隅の衝立の陰に並んで座った。衝立の下からお栄の打掛の裾を出して、これ見よがしにみせびらかす。あらかじめ聞かされていたのだろう、京のやんごとなき姫の登場に客たちはそわそわしている。打掛の主の正体を知ったらどんな顔をするか、思っただけで舞は笑いがこみあげてきた。

お栄は、居眠りをして衝立を倒しそうになったり、くしゃみをこらえようとしてくぐもった声をもらしたり、足がしびれたのかもぞもぞ動いたりと、舞に何度も冷や汗をかかせた。が、幸い気づく者はいなかったようで、無事、連歌会は終了した。そのあとはひきつづき宴会がはじまる。

となれば、ざわついている今こそ逃げだす好機だ。打掛の裾をふんづけて転びそうになるお栄を急きたてて、舞は仕度部屋へ急いだ。

足を踏み入れるなり棒立ちになる。

閉めてあったはずの障子《しょうじ》が開いていた。薄暮の庭に駕籠が待っているのはよいとして、駕籠の手前、濡れ縁に手がとどきそうなところに男が立っていた。陸尺ではない、れっきとした武士だ。裃《かみしも》をつけ、手に巻紙をもっているから、連歌会に参加していた客の一人だろう。歳は三十半ばか。そういえば、とびきり下手な俳諧《はいかい》を臆面もなく詠む武士がいた。下手なくせに自信満々で、あたりを睥睨《へいげい》するような態度が鼻についた。その武士が今、驚愕もあらわに舞とお栄を見比べている。

「あなたさまはもしや……」

「い、許嫁に、挨拶を、しようと、参ったのだが……」

やはりそうだった。舞は愕然《がくぜん》とした。息をあえがせつつとなりを見れば、お栄は扇を閉じ、被り物も脱いだまま、わるびれた様子もなくまあ姫の許嫁を観察している。

あァ、どうしよう——。

最悪の事態が起こってしまった。これで、この縁組は破談になるにちがいない。

「あ、あの、実は、これには事情が……ここにいるのは姫さまではなく……」

身代わりの……と、舞はつづけようとした。

言えなかった。なぜなら、打掛をかなぐり捨てたお栄が、奇声をあげて濡れ縁から庭へ駆け下り、姫の許嫁に突進して体当たりしたからだ。武士はたたらを踏み、尻餅をつく。お栄は素早く駕籠へ乗り込み、簀戸《すど》をぱたりと閉じてしまった。

驚いたのは舞だけではない。武士も陸尺もなにが起こったかわからぬようだった。ややあって、武士は、悪夢を見た、とでも思ったか、顔をゆがめたまま駆け去ってしまった。

「なんてことを……もう、もうお終《しま》いだわ」

舞は頭を抱えた。それでも気を取りなおして庭へ下りたのは、ぐずぐずしていればどんな騒ぎになるか、不安に駆られたからだ。

足元に巻紙が落ちていた。拾い上げてふところへ差し込む。

「通油町へ、行って、ちょうだい」

茫然《ぼうぜん》としている陸尺に声をかけた。

お栄に腹を立て、今後の展開に怯《おび》え、胸の内でまあ姫に詫びながら、お栄を乗せた駕籠ともども、舞はわが家へ帰って行った。

五

連歌会の翌々日になっても、麴町の隠居からは何の知らせもなかった。あんなことがあったのだから十中八九、まあ姫の結婚は取りやめになるだろうと舞は覚悟していたのだ。

そこで、尚武に確かめてきてもらうことにした。

尚武は早速、麴町へ出かけて行った。が、姫の許嫁からはなにも話がないようで、隠居も笹部も連歌会のあとの出来事についてはまったく知らなかった。となれば、わざわざ教えることもない。尚武は旗本の名前と住まいを聞きだして帰ってきた。

「落とした巻紙をとどけにきた、と言えば、屋敷内へ入れるはずです。行って、様子を見てきます」

なぜ縁談の中止を言ってこないのか、その訳を知りたい。まあ姫が嫁ぐ家を、舞は自分の目で確かめておきたくもあった。連歌会のあのときはお栄の奇怪《きっかい》な行いに腹を立てたものだが、冷静になって考えれば、それだけでは片づけられないものがある。

「心配だ。おれも行こう」

尚武も同道すると言いだした。

「女一人の方が警戒されずにすみます」

「取って食われたらどうする？」

「化け物屋敷じゃあるまいし……」

化け物屋敷どころか、旗本家は立派な冠木《かぶき》門と長屋《ながや》門のある豪壮な屋敷だった。

当主は大八木助右衛門《おおやぎすけえもん》という名だ。

舞は尚武を門の外に待たせ、通用門から邸内へ入った。玄関で小田切家の名を告げて巻紙を見せると、応対に出てきた侍女に丁重に対面所へとおされた。

「殿さまはご不在ゆえ、奥方さまに申し上げて参ります」

辞儀をして出て行こうとする侍女を、舞はあわてて呼び止める。

「今、奥方さまと言われましたが……助右衛門さまの奥方さまにございましょうか」

「さようにございます」

「でも、でも助右衛門さまは近々、京よりご妻女をお迎えになると……」

「そのことでしたら、わたくしども家内で奥方さまとお呼びしているお方は、ご身分のこともあり、ご正室ではございません。ただ長年にわたり奥を仕切っておられまして、殿さまも頭があがらぬご様子。こたびのことも、実は、奥方さまの思《おぼ》し召しなのです。あちらに負けるわけには参りませんし、それでなくても奥方さまには頭の痛いことが多々おありで……」

助右衛門には数多《あまた》の女がいた。公家の姫を迎えようと言い出したのは奥方さまと呼ばれているこの側室で、あちらとはやはり古参の側室である。二人とも助右衛門より歳上で、子はいない。双方が張り合って若い側妾《そばめ》を次々と閨《ねや》に送り込んでいる上に、節操のない助右衛門が侍女や小女《こおんな》にまで手をつけるので、大八木家の奥は乱れきっているとやら。

「奥方さまは、公家の姫さまを迎えてぜひともご嫡子を、と望んでおられます。が、それを耳にしたあちらでは、なんとしても阻止しようと企んでおるそうで……」

では、姫への嫌がらせは「あちらの側室」方の仕業だったのか。

長々と待たされたあと、舞は、気位が高く氷のように冷ややかな奥方さまに挨拶をして、大八木家をあとにした。

「まったく、なんてことでしょう。おまあさんの気持ちなど、はじめからどうでもよいのです。女同士が張り合うための手駒のひとつ。助右衛門さまだってそれがわかっているから、許嫁がどんな女でも平気の平左。それでなにも言ってこなかったのですね」

「気に入っても気に入らなくても、公家の姫を正室に迎えることで奥方の妬心《としん》が多少とも鎮まればそれだけで御の字、そう思っているのだろう」

帰り道で、舞と尚武は憤懣《ふんまん》をぶつけあう。

「それにしても、奥方さまと呼ばれる女がいたなんて許せません。まあ姫が正室というのは世間体のためだけ、実際のところは側妾とおなじではありませんか」

舞もかつて某旗本家から側妾に、との話があった。が、大名家の庶子に生まれ、それがために母の苦労を見てきた一九は、断固として許さなかった。

「あんな家に嫁いだら、おまあさん、酷い目にあいますよ。といって破談になれば、今度はどこへ売られるか……。あァ、どうしたらいいのか」

「先のことはともあれ、まずは大八木家の意向でこの話を破談にもってゆくよう仕向けることだ。となれば、一九先生の出番」

「お父っつぁんの？」

「さよう。縁談をぶっつぶす、それこそ先生の特技ではないか」

「フフフ、そうでしたね。それならお栄さんも。お栄さんは助右衛門さまに公家の姫さまだと思われています」

「うむ。あの二人がそろって乗り込めば、奥方さまも仰天しよう。いかにやんごとなき姫さままでも、奇人を屋敷に迎えるとなれば二の足を踏むはずだ」

「では、連歌会のあとで驚かせてしまったお詫び、ということにして……。ご挨拶のご進物は河童の屛風、それもとびきり薄気味のわるい絵を持たせせましょう」

「先生には角樽でもお持ちいただこう。進呈前に空になっていれば、それも一興」

こんなとき、奇人は最強の助《すけ》っ人《と》である。舞と尚武は策をめぐらせた。

六

通油町の地本会所の門前に、舞の一家五人とお栄、それに森屋治兵衛が勢ぞろいしていた。梅雨が明けて、眩《まばゆ》い夏の陽射しが降りそそいでいる。

皆が首を長くして待ちわびているのは花嫁行列だ。

花嫁はまあ姫。ただし、嫁ぎ先は旗本の大八木家ではなかった。どこで見初《みそ》めたか、まあ姫を息子の嫁にと治兵衛に頼み込んでいた豪商の家である。まあ姫の夫になるのは、江戸見物ですっかり意気投合したという豪商の跡取り息子だ。

「捨てる神あれば拾う神あり。世の中、捨てたもんじゃありませんね」

「それを言うなら、笑う門《かど》には福来《きた》る。おまあさん自身が幸運を引き寄せたんだから」

舞とえつは笑みを交わし合う。

大八木家は縁談を断ってきた。もちろん、一九とお栄の果敢な働きによる。

大八木家へ乗り込んだとき、お栄は仏頂面でだんまりをとおしたばかりか、あかんべえをしたという。これではとても人前には出せないし、だいいち待望の男児が生まれたとしても母親に似たら目も当てられない。しかも、老臣に扮した一九は泥酔状態だった。すましかえった奥方の前で裸踊りをしかけたというから、破談になるのは無理もない。

笹部は泣きそうな顔でとんできた。小田切家の当主も麹町の隠居も困惑の体《てい》で、けげんな顔をしているらしい。それを聞いた一九、舞、尚武の三人は麹町へおもむき、女たちの熾烈《しれつ》な争いや助右衛門の節操のなさを言い立てて強引に破談を了承させた。姫には良縁を見つける、京とも話をつける……一九が請け合ったのも追い風になった。

「お父っつぁん。安請け合いして大丈夫？」

「案ずるな。おまあなら引く手数多だ。江戸中の豪商が嫁にほしがる」

「だけど、やんごとなき姫さまに商いなんてできるかしら」

「馬鹿。知らんのか。おまあは公家の姫ではないぞ」

「なんですってッ」

「そんなことも知らんのか。実父は車引きだそうだ。貧乏人の子沢山ゆえ口減らしに売られ、遊里へやられるかわりに落ちぶれた公家にもらわれた。養女を武家に嫁がせて生計をたてる公家が、京にはけっこうおるらしい」

「おまあさん、お父っつぁんにそんな話をしたの？」

「稲荷でばったり会ったときにな。で、ま、なんだかんだと……」

一九は、毎度のごとく、朝日稲荷の御狐様から御神酒《おみき》を失敬しようとしたらしい。あるとき、まあ姫が泣いているところに出くわした。

天真爛漫でいつも明るく笑っているまあ姫に、泣くほどの苦難があったとは……。そしてそのことにただ一人、気づいたのが、奇人の中の奇人の一九だったとは……。

この話を聞いたとき、舞は確信した。まあ姫がただの「まあ」なら、良縁はきっと見つかるはずだ。そしてほどなく、皆が願ったとおりになった。京とのやりとりに多少の日数はかかったものの、今、まあは新たな道を歩きだそうとしている——。

「ほら、あそこ」

舞の耳に丈吉のはずんだ声が飛び込んできた。丈吉がかかげた指の先に、こちらへ近づいてくる行列が見えた。豪奢《ごうしゃ》な黒塗りの女駕籠を中に、ひときわ華やいだ花嫁行列である。

「おーい。おまあ」

舞のかたわらで、お栄が扇をふりまわした。

「あ、河童」

「おまあにやるんだ。婚礼祝い」

扇に描かれた河童は群れをなし、愉しげに踊っている。

目の前に駕籠が止まったそのとき、疾風が吹きぬけて、一九が盛大なくしゃみをした。

坊主憎けりゃ

一

暑くもなし寒くもなし、薫風さわやかな初夏の昼下がりである。

稽古場として借りうけている地本《じほん》会所の一角で、舞《まい》は踊りの振り付けに余念がなかった。祭だ遊山だと人が浮かれ出す季節だけに、新米師匠の舞のもとにも俄《にわ》か弟子が押しかけて、出稽古の依頼も目白押し。うれしい悲鳴ではあるものの――。

「母ちゃん。ねえ、母ちゃんってば」

「テケテントンシャン……あら、丈吉《じょうきち》ちゃん、どうしたの」

舞の父親は『東海道中膝栗毛《とうかいどうちゅうひざくりげ》』で一世を風靡《ふうび》した戯作者《げさくしゃ》の十返舎一九《じっぺんしゃいっく》。丈吉はその一九の落とし子らしい。今は舞と夫の今井尚武《いまいしょうぶ》が養い親になっている。

「端午の節句には、なんで鯉のぼりを飾るの？」

「なんでって訊《き》かれても……」

唐突な質問に舞はめんくらった。

「なんで兜《かぶと》を飾るの？　なんで菖蒲刀《あやめがたな》なの？　なんで菖蒲湯《しょうぶゆ》に入るの？」

矢継ぎ早に訊かれても答えられない。

「今は仕事中。おっ母《か》さんにお訊きなさい」

「祖母《ばあ》ちゃんが母ちゃんに訊けって」

「ならお父《と》っつぁんに……」

「祖父《じい》ちゃんは父ちゃんと出かけてる」

「だったら……そうねえ、お栄《えい》さんは？」

お栄は舞の家に居候《いそうろう》している女絵師で、父の葛飾北斎《かつしかほくさい》に輪をかけた奇人である。子供の質問にまともに答えてくれるとは思えない。

案の定、丈吉は首を横に振った。

「鯉は魚だから猫に訊けって。なんで猫に訊くの？」

「やっぱりね……。ね、丈吉ちゃん、答えてあげたいけどあたしは今、手いっぱいなの。その話はあとにして、長屋のみんなと遊んできてはどう？」

「みんな、どっかに出かけてる」

「そう……わかったわ。なるべく早く行くから、母屋で遊んでて」

頬をふくらませて出て行く丈吉の背中を見送って、舞はため息をつく。なによ、お父っつぁんたら……自分の子供じゃないのサ。娘にばかり押しつけないで、少しは面倒をみてやったらいいのに――。

丈吉が可愛くないわけではなかった。そうはいっても、本来なら異母弟であるはずの子供から「母ちゃん」と呼ばれるのは、正直、うれしいとは言えない。

「テテトントン、ああ、だめだめ、もういっぺん。チントンシャン、テテトン……」

しばらく奮闘していると、またもや「母ちゃーん」と丈吉が駆けてきた。

「あとでって言ったでしょッ」

ついつい声を荒《あら》らげる。丈吉はひるんだように直立した。

「今度は、なんなのッ」

「祖母ちゃんが、お客だから、呼んでこいって」

「まったく、もう……はいはいはい、行きますとも」

舞はやむなく母屋へ急ぐ。

通油町《とおりあぶらちょう》の地本会所は、だだっ広い敷地内に会所の他、二階家が一軒建っていた。一九はこの家をタダ同然で借りている。

勝手口から入ると、母のえつが待ってましたとばかりに飛び出してきた。

「ああ、よかった。あたしゃ、どうしたらいいかわからなくて」

「お客ってだれ？」

「それがねえ、浅草広小路《あさくさひろこうじ》に店を出してる蠟燭屋《ろうそく》の番頭だとか……」

「お父っつぁんの知り合いかしら」

「昨夜《ゆうべ》、若旦那がいっしょにお酒を呑んだそうだよ」

「そりゃ大変だッ」

一九は大酒呑みである。中風《ちゅうふう》を患ってからは家族が目を光らせているので、以前のように深酒をすることはまれになった。それでもときおり羽目をはずすことがある。そうなったが最後、日ごろのむっつりが別人のように気が大きくなって手がつけられない。

一九は今朝、酷い二日酔いで起きてこなかった。昼ごろに顔を合わせたときは、地獄の業火に焼かれているような顔で、声をかけるなり書き損じの紙を丸めて投げつけてきた。ということは――。

浴びるほど呑んだ上に誰彼なく大盤振る舞いをして、またぞろ借金をこしらえたにちがいない。

舞の危惧《きぐ》は的中した。

「えー、一九先生はお留守とうかがいましたが……」

玄関で四十がらみの男が揉み手をしている。丸顔の下がり目は愛想がよさそうに見えるが、目は笑っていなかった。大ぶりの鼻からもれる鼻息からも、貸したものはとことん取り立ててやるぞ、といった気迫が感じられる。

「そうなのです。お名前をお教えいただければお父っつぁんに伝えておきます」

「名はお忘れやもしれません。尋常ならざる酔いっぷりにございましたから」

それでも男は、蠟燭屋の番頭の太兵衛《たへえ》と名乗った。一九が散財した分を若旦那が用立ててやったので、返してもらいにきたという。

「いかほどですか」

「ざっと数えて五十両」

「そんな、馬鹿なッ」

舞は腰をぬかしそうになった。いくら蟒蛇《うわばみ》でも、飲み食いだけでそこまで銭をつかえるとは思えない。

ところが太兵衛は、当たり前の顔で鼻から太い息を吐いた。

「通りすがりの者たちが次々に集まって参りました。酒樽がいくつ空いたか。鰻《うなぎ》屋が通れば鰻、魚屋が通れば初がつお。飲み食いだけではございません。たまたま居合わせた呉服屋の荷を全部ひろげさせて、女たちに好きなものを持っていけ、と。さすがは一九先生、気前がいいとみんな、大よろこびでして……」

それはそうだろう。おだてられて見さかいがなくなった一九の、熱にうかされた顔が舞には見えるようだった。

その場には大勢の人がいたので、一九が覚えていようといまいと、太兵衛の取り立てに非がないことはいくらでも証明できるという。

お父っつぁん、どうしてくれるのよ——。

舞は式台に両手をついた。

「お返ししたいのはやまやまですが、ウチにそんな大金はありません。帰りましたらよく話を聞いてお詫びに行かせますから、今日のところはお引き取りを……」

一九の尻ぬぐいといえば旧《ふる》なじみの書肆《しょし》、錦森堂《きんしんどう》の森屋治兵衛《もりやじへえ》だが、今度ばかりは断られるにちがいない。当てはまったくなかった。が、ともあれ冷静に考える時が必要だ。

太兵衛は引き下がらなかった。

「一九先生は、足りない分はなんでもくれてやるから持って行けと仰せでした」

これも、いつもの一九の口癖である。夜具や行灯《あんどん》くらいならまだしも、襖《ふすま》や風呂桶を担いで帰った借金取りもいたから油断はできない。

「そ、それは言葉の綾《あや》、というもので……」

「かかあでも娘でも持って行け、とも仰せでした」

値踏みするような目で見つめられて、舞は飛びすさる。

「あ、あたしの亭主は、け、剣術のつかい手ですよ。怒らせたら大変なことに……」

「ま、とにかく拝見いたしましょう」

太兵衛は「はいはいはい」と言いながら、勝手に上がり込んでしまった。舞はやむなくあとにつづく。

借家がいくら広くても内証は火の車、ろくな家具調度のない家である。ましてや純金の風呂桶があるでなし、洗いざらいかき集めたところで五十両どころか小判一枚にもなりそうにない。太兵衛はさすがに呆《あき》れ顔だ。

台所にはえつがいた。こめかみに米粒を貼りつけて酒瓶を抱え込んだ女を見ただけで、太兵衛はそそくさと台所を離れる。

「あとは二階か」

「いいですとも。ささ、どうぞどうぞ」

ここまできたら、どうにでもなれという心境だった。階段を上る太兵衛を見送るや、舞は大きく飛びのいて階段とは離れた位置に移動した。と、いくらもしないうちに太兵衛が階段を転げ落ちてきた。無様に倒れ込んだ太兵衛の顔が墨まみれなのは、お栄に筆を投げつけられたにちがいない。この家には一九以外にも奇人がいる。

「お怪我はありませんか」

笑いをこらえながら、舞は太兵衛の身を起こしてやった。

太兵衛は化け物でも見たような顔。

「あ、あ、あれはいったい……」

「お栄さんの絵はけっこうな値で売れますよ。よろしかったらお栄さんごとお持ち帰りいただいても……」

太兵衛がぎょっとして首を振ったとき、頭上から金切り声が落ちてきた。金切りといっても錆《さ》びついた金物を切るようなガラガラ声である。

「ええい、胡乱《うろん》なやつめッ。こいつを食らえーッ」

階段の上で仁王立ちになり、火鉢を両手で抱え上げているのはお栄だ。細い目をつり上げて、赤鬼さながらである。

「あ、待ってッ。お栄さん、泥棒じゃないんだってばッ」

今度は舞が金切り声。

太兵衛は間一髪で命拾いをした。

「このお人はね、借金取り。例によって、お父っつぁんがなんでも持ってけって言ったんだって。で、物色中なの」

「フン」

お栄はくるりと背を向け、姿を消した。

太兵衛は腰をさすりながら立ち上がったものの、見てはならぬものを見てしまったようにまだ荒い息をついている。

「肝を冷やしました。よもや、あんな、人を食う鬼の絵、を……」

お栄はこのところ鬼を描いていた。さては太兵衛が階段から落ちたのは、墨のせいだけでなく、鬼気迫る鬼の絵と鬼気迫る形相《ぎょうそう》で絵を描く女の姿が重なって見えたからかもしれない。

「ほらね、うちにはなぁんにもないでしょ。それでもよろしければなんなりと」

舞に言われてため息をつきかけた太兵衛は、ふっと視線を一点に留めた。玄関の式台のところに丈吉がいた。驚き冷めやらぬ顔でこちらを眺めている。

「お、いいものがありました。こりゃぴったりだ。借金のカタにあの子をもらって参ります」

言うやいなや、タタタと歩み寄って丈吉の手をにぎる。

「坊ちゃん。いいとこへおつれしますよ。ここよりよっぽどマシなところです」

「ちょっと、なにするの。お待ちなさいッ」

舞は追いすがった。が、太兵衛はドンと舞を突きとばして、丈吉ともども玄関を出て行ってしまった。

「丈吉ちゃんッ。だめよ、待ってッ」

丈吉は尻餅をついた舞に一瞬、恨めしそうな目を向けた。が、太兵衛の手をもぎ離そうとはせず、手をつながれたまま歩き出している。

「約束は約束ですから。文句がおありでしたら一九先生に」

そう言われても「はい」とは言えない。舞はあとを追いかけ、懇願し、抗議をした。だが説得しようにも肝心の丈吉が知らん顔では、どうすることもできない。

丈吉はきっと、だれも自分の相手をしてくれなかったことに腹を立てているのだろう。だからといって、そんな子供の気まぐれに乗じて借金のカタにしようとはとんでもない話である。だいいち、働き手にもならない、遊里にも売れない、こんな子供をどうしようというのか。

「待ってなさいよ。すぐ、迎えに行きますからね」

舞は地団太を踏みながら二人を見送った。

二

「お父っつぁんッ、どうするつもりッ」

怒り心頭、玄関に駆けて行くなり、舞は帰宅したばかりの一九につめよった。

一九はまたもや酔っぱらっていた。

「借銭《しゃくせん》を負いたる馬に乗り合わせ、ヒック、貧すりゃドンと、落とされにけり」

「お父っつぁんってばッ。呑気《のんき》に狂歌なんかひねってる場合じゃないわよッ」

「ふんどしを忘れて帰る浅間岳《あさまだけ》、万金たまをふる市の町」

「金玉なんか振ってる場合じゃないって、言ってるでしょッ。ちょいと、お父っつあん、ちゃんと聞いてよッ」

まァまァまァ……と、尚武が舞の肩をつかんだ。

「今はなにを言っても無駄だ。そんなことは百も承知だろう」

「けど、このままでは丈吉ちゃんが……」

「まさか、取って食いはすまい。落ち着いて取り戻す算段をすることだ」

弟子の尚武は一九のお守《もり》が仕事だから、昨夜もいっしょにいた。一九が酔っぱらって大盤振る舞いをしたあげく、なんでも持って行けと言ったのを聞いている。

「だいたいね、あんたがわるいのよ。そばについていながらそんなになるまで呑ませるなんて。お父っつぁんがどうなるか、わかってたはずじゃない」

「気をつけておっても先を越されることがある。おまえだってしくじったことがあるだろう」

「そりゃァそうだけど……。そんなら、ついてる意味なんてありゃしない」

「それはちがうぞ。おれがいなければ先生はぶっ倒れてた。お陀仏だったやもしれぬ。でなければ、家族全員売り飛ばされても払えぬほどの借金を背負っていたにちがいない」

喧嘩はおよし、と、えつが割って入った。

「済んだことより、丈吉を助け出す手段を考えなけりゃ」

確かにそのとおりである。自分が蒔《ま》いた種なのにわれ関せず、大の字になって鼾《いびき》をたてている一九では話にならない。三人は早速、丈吉奪還の軍議をはじめた。

「五十両かき集めさえすれば威張って取り返せるのだがのう」

「ムリムリ。そんな大金、逆立ちしたって出てきやしませんよ」

「やっぱり錦森堂さんかねえ。舞、おまえ……」

「だめだってば。それでなくたって借金だらけなんだから。あたしの名を聞いただけでちぢみあがって逃げちゃうわよ」

「麹町《こうじまち》のご隠居もこのところ寝込んでおられるゆえ……」

麹町の隠居とは一九と縁がある大名家の元重臣で、一時期は尚武の庇護者のような存在でもあった。が、今は寄る年波、いずれにしろ深酒の後始末など頼めない。

三人は同時にため息をついた。

「あーあ、丈吉ちゃんとお栄さん、とっ替えてくれないかしら」

舞はひとりごとのつもりだった。口は禍《わざわい》のもと。

「おれが、なんだって？」

いつのまに二階から下りてきたのか。こんなときにかぎって、お栄は地獄耳である。

「あ、お栄さんッ。ええと、あのね、お栄さんは勇ましいし、機転も利くから、こういうときは上手く難を逃れるんじゃないかと思って……」

お栄はフンと鼻をならした。

「ガタガタ言う前に様子を見てきな」

「様子って、丈吉ちゃんの？」

「きれえなべべ着せてもらって美味《うま》いもんたらふく食ってたら、ここよかマシだろ」

「そんなことあるはずが……そもそも、なぜ丈吉ちゃんに目をつけたのかしら」

「ふむ、あんな子供を奉公に出したところで五十両稼げるわけもなし」

「高く売りたいんなら、このあたしを選ぶはずだわね。となると、なにか別の使い道があるってことか」

「きれえなべべに美味いもん……あたしが行きたかったよ。借金まみれの酔っぱらいの世話をしないで済むんなら、どこだって極楽サ」

えつはいぎたなく眠りこけている亭主に目をやった。顔をしかめながらも、風邪をひかないようにと甲斐甲斐しく腹に夜具を掛けてやる。

「そんなことより二人とも、お栄さんの言うとおり、丈吉がなぜつれて行かれたか、まずはその訳を探ろうではないか」

「そうね。こうしてはいられないわ。広小路の蠟燭屋へ行ってみましょう」

舞と尚武は腰を上げた。取って食われることはないとわかっていても、なぜか胸騒ぎがしている。

もっと、かまってやればよかった——。

舞は胸の内で丈吉に詫びていた。


蠟燭屋に、丈吉はもういなかった。

「善は急げと申します」

太兵衛は小鼻をふくらませた。

「善とはどういうことだッ」

「願ってもないお話、ということにございます。坊ちゃんにとっても、先さまにとっても……」

「先さま？」

「はい。由緒あるお武家のご老女さまが、坊ちゃんと歳格好の似た男児を捜しておられますそうで……」

舞と尚武はけげんな顔になる。

太兵衛は知り合いの植木屋から、これこれこういう男児を見つけてほしいと頼まれていたという。丈吉をひと目見たときその話を思い出して、これならぴったりだと手を叩いた。

「しかし、ご老女はなにゆえ男児を……」

「昔、死なれちまった息子か孫のことが忘れられず、似たような子供をおそばにおきたいとお思いになったんじゃございませんかね。侘しい隠居住まいをなさっているそうですから」

詳しいことは植木屋に聞いてくれと言われて、舞と尚武はその足で植木屋が住んでいるという花川戸町《はなかわどちょう》へ行ってみることにした。

太兵衛が一九の借金を棒引きにしたのは、丈吉を植木屋に引き渡して五十両に見合うだけのものを得たからだろう。つまり、それ以上のものを老女は植木屋に払っていることになる。それだけの値打が、あの丈吉のどこにあるというのか。

考えれば考えるほど面妖《めんよう》である。

植木屋の徳三《とくぞう》は、小柄ながらも筋骨たくましい胡麻塩頭の男で、実直で人がよさそうだった。が、家業が上手くいっていないのか、どことなくうらぶれている。丈吉を捨て子だと思っていたようで、両親だと名乗ると気の毒なほど狼狽した。

「太兵衛のやつ、なんにも言わねえもんだから……」

借金のカタにつれて行かれたと説明すると、口をへの字に曲げてうーんと唸《うな》った。

「ご老女さまがえらく気に入ってしまわれたんでサ。礼金ももらって……こちとらも借財があるもんだから……。今さら取り戻すってェのは無理な相談にございますよ」

「丈吉の、いったいどこが、ご老女さまのおめがねに適《かな》ったのでしょう」

舞は訊かずにはいられなかった。

徳三は目を泳がせる。

「あー、えー、あの坊主は丈吉じゃござんせん。勝又八右衛門《かつまたはちえもん》の倅《せがれ》の八太郎《やたろう》ということになっております」

「話がまるで見えぬが……」

尚武と舞は顔を見合わせた。

隠しておけぬと観念したのか、徳三は事情を説明した。

老女とは某大名家の奥向きに仕えていたしのという女で、高齢になり、少し頭も呆《ぼ》けてきたのでお役を退き、この花川戸町のはずれの隠宅で余生を送ることにした。それはよいとして、身のまわりの世話をする小女《こおんな》が一人いるだけで話し相手がいない。徳三は植木の手入れに訪れるたびに長々と昔話を聞いてやっているという。

あるとき老女は、勝又八右衛門の息子を捜し出してくれと徳三に頼んだ。八右衛門は老女の許嫁《いいなずけ》だったとか。事情があって二人は結ばれず、そのあと老女は奥奉公に上がった。八右衛門はとうの昔に鬼籍に入ってしまったそうだが、妻女との間に生《な》した男児がいるらしい。

「身寄りのないご老女さまは、隠宅に移られて、俄かに心細くおなりあそばしたか、なんとしても八右衛門の倅を見つけ出してつれてこいと、それはもう、矢の催促でして……」

老女は病弱で、自分の死期が近いと感じているらしい。金に糸目をつけず、一刻も早く捜し出すよう徳三を急《せ》きたてていたが、大昔のことであるし、名前しかわからないのでは捜しようがなかった。

「でも妙じゃありませんか。だって、ご老女さまの許嫁の倅さんなら、もう相当なお歳になっているはずですよ」

「うむ。丈吉では孫か曽孫《ひまご》だろう」

舞と尚武が口々に言うと、徳三は苦笑した。

「理屈じゃそうなんですがね、ご老女さまに理屈は通りやせんから」

老女は八右衛門が忘れられなかったのだろう。何年も胸の中で想い焦がれていたのか、奥勤めをしていたころにも消息を知ろうとした。ところが消息がわかったときにはすでに八右衛門は死んでいて、丈吉と似た歳格好の子がいた。長い歳月、奥奉公をしてきた老女の記憶の中で、許嫁だった男の遺児である八太郎は、その存在を知ったときの衝撃と共に子供のまま生きつづけていたらしい。

「生涯想いつづけていらしたなんて、お気の毒ですねえ」

舞がもらしたつぶやきを耳ざとくとらえて、徳三はぐすんと洟《はな》をすすってみせた。

「つまりあっしは、ご老女さまのたってのの希《のぞ》みを叶えてさしあげたい、お命があるあいだに少しでもお心の浮き立つときを……とまァ、さようなわけで……。へい」

「早いとこ八太郎をつれて行かぬと、礼金をもらいそこねるからの」

尚武は容赦ない。しかるべきところに探索を依頼したり、素性の知れた子供に八太郎役を担わせたりしなかったのは、礼金を独り占めしたかったからではないか。

幸いにも老女は呆けかけている。なんとでもごまかせる。

図星だった。痛いところをつかれた徳三は肩をすぼめた。

「代々つづいた家業が、ここんとこ火の車でして……」

仕事は横取りされる、弟子はいなくなる、おまけに女房が寝付いてしまい薬代もかかる……で、にっちもさっちもいかなくなった。礼金を太兵衛と山分けにして、ようやくたまりにたまった負債を返せると息をついたところだという。

「いずれにしても、あっしは太兵衛から八太郎を買ったんでサ。つれて帰りたけりゃ、あんたさんらがまず太兵衛に借金を返して、それから太兵衛が銭をそろえて坊主を返してくれと頼みにくる、てェのが筋じゃァござんせんかね」

確かにそのとおりである。諸悪の根源は一九の酒癖にあるのだから。

まだなにか言いたそうな顔をしている尚武の袖を、舞は引っぱった。

「それで、丈吉は、どこまでわかってるんですか。自分が八太郎の身代わりだってことを知っているんでしょうか」

「むろん、わかっておりますよ。老い先短いご老女さまだから、しばらくお相手をしてやってくれと言い聞かせやしたから。坊主は素直にうなずきました」

「丈吉ちゃんたら……」

丈吉はなにを考えているのか。だれもかまってくれないので、舞の家の子供でいるのがいやになってしまったのだろうか。それとも反対に、二六時中、金欠病で苦しんでいる家族の役に立つならと、健気にも自分を奮い立たせているのか。

「なにはともあれ、様子を見てこなければ」

舞が言うと、徳三は一変、肩を怒らせた。

「勝手なことをされちゃア、こちとらだって黙っちゃいやせんぜ」

それでも、そっと覗《のぞ》くだけという約束で、徳三は二人を老女の家へ案内した。

その家は自性院《じしょういん》のかたわらの路地の奥にあった。竹藪《たけやぶ》にかこまれ一軒だけぽつんと建っているのが物寂しい。それでも大名家の元奥女中の隠宅だけあって、小体《こてい》ながらも丹精した庭のある、数寄屋《すきや》風の風流な家だ。

「ご老女さまのお人柄が偲ばれますね」

「しかし丈吉には窮屈ではないか」

尚武の懸念は、勝手知ったる徳三の手引きで細く開けた木戸から中を覗いたとたんに消えた。

夕暮れ間近の橙《だいだい》色の光の中に丈吉がいた。こざっぱりとした着物を着せられて、顔も洗い立てか、ぴかぴか輝いている。膝を乗り出しているのはすごろくでもしているのか。かたわらにおかれた三方《さんぽう》には色とりどりの干菓子《ひがし》が盛られていた。

丈吉の向こう、陽射しのとどかないところに老女がいた。白髪を丸髷《まるまげ》に結い、身頃に青海波《せいがいは》をあしらった路考茶《ろこうちゃ》の着物に黒繻子《くろじゅす》の帯、痛々しいほど痩せてはいるが背筋をぴっと伸ばした姿はいかにも元奥女中らしい威厳がある。薄暗いので表情はよくわからなかったが、ふっと庭を見て「おや、親方かえ」と訊《たず》ねた声は、か細いながらも弾んでいた。

「へい。八太郎が困らせていねえかと見に参りやした」

「いるものかえ。父親ゆずりの、利発なお子ぞ」

小女は子供の喜びそうな夕餉《ゆうげ》を仕度するため、使いに出ているという。木戸の陰に隠れて聞いていた舞と尚武は、老女が思いのほかしっかりした受け答えをしていることに胸をなでおろした。

「そんなら、あっしはこれで。なにかお困りんなったら、お知らせくだされぱすぐに飛んでめえりやす」

徳三が帰りの挨拶をしたときだけ、老女は奇妙な返事をした。

「八右衛門さまによう言《ゆ》うておくれ。早《はよ》うわらわを迎えにくるように、と」

「八右衛門さま……」

「愛《いと》しいお子がここにおるのじゃ。来ずにはおられまい。こたびこそ、きっと華《か》燭《しょく》の典を挙げましょうぞ、と」

「やっぱり、昔と今がごっちゃになってるんだわね」

帰り道、舞と尚武は感想を述べあった。

「そのおかげで丈吉は贅沢三昧ができる。三方、いや、四方、五方が丸くおさまる」

丈吉がしかるべきときまで八太郎になりすましてくれさえすれば、一九の借金はちゃらになる。太兵衛は貸した銭を取り戻し、徳三も当座の暮らしにめどがつく。老女も最晩年を八太郎とすごせるし、丈吉にしたところで、多少かたくるしくはあっても大事にされ、美味いものを腹いっぱい食べられるならわるい話ではないかもしれない。

丈吉が明るい顔をしていたことが、舞にはなによりの救いだった。

相手は死期の近い老女である。これも人助けと思えば、よけいな口出しは慎むべきだろう。だいいち丈吉は囚《とら》われているわけではない。家へ帰ろうと思えば帰ることもできるのだ。しばらくは様子をみようと二人は話し合った。くれぐれも八太郎の里心を呼び起こさせぬようにと徳三からも両手拝みをされている。

「それにしても、お父っつぁんはわかってるのかしら。自分がどんなに家族に迷惑をかけてるか……」

「先生も苦しんでおられるのだ。病で思うように筆が進まぬ。焦れば焦るほどますますこんがらかってゆく。酒でも呑まねばやりきれんのだろう」

「因果な生業《なりわい》だわね、戯作者なんて」

通油町のわが家に帰り着いたときには、とっぷり日が暮れていた。

三

翌朝、一九の機嫌は最悪だった。素面《しらふ》のときはたいがい不機嫌だからそれ自体は珍しくないものの、やたらに丈吉丈吉と呼び立てては家族を辟易《へきえき》させている。

「丈吉はどこだッ、呼んでこいッ」

いつもは丈吉がいることさえ忘れているくせに、こんなときにかぎって親の自覚に目覚めるとはさすが天邪鬼《あまのじゃく》である。

「だから言ってるでしょ。丈吉ちゃんは、お父っつぁんの借金のカタにつれて行かれてしまったって」

「奪い返してこいッ。ぐずぐずするな、すぐに行け」

「ムリだってば。五十両なきゃ返してもらえないの」

もちろん手をこまぬいているつもりはなかった。子供は気まぐれである。丈吉が逃げ帰ってきたときのために、少しでも銭をかき集めておかなければならない。舞は恥を忍んで踊りの弟子に片っ端から借金を申し込もうと考えていた。尚武も心当たりを訪ね歩き、どうしてもだめなら路上でガマの油売りの真似事でもして投げ銭を集める覚悟とか。早朝から襷《たすき》鉢巻の勇ましい姿で出かけている。

「お父っつぁんもね、自分の蒔いた種なんだから、怒鳴ってばかりいないで一行でも二行でも書いてちょうだい。そうすりゃ森屋さんも、前貸ししてくれるかもしれないわよ」

「うるさいッ。書こうと書くまいと、わしの勝手だッ」

「なによ、唐変木《とうへんぼく》のこんこんちきッ」

「出てけ。はねっかえりの莫連娘《ばくれんむすめ》ッ」

毎度のごとく、丸めた紙や羽織が飛んできた。墨をふくませた筆の直撃をうけないうちに、舞は台所へ逃げ込む。

えつは板床の上に這いつくばって、紙屑の山と奮闘していた。

「なにしてるの」

「こんなものでもねえ、多少の足しにはなるんじゃないかと思ってサ」

米櫃《こめびつ》を覗いてはため息をついているこの家で、唯一ふんだんにあるのは反故紙《ほごがみ》だ。一九が丸める。お栄が破く。戯作者と絵師は数を競うように紙屑の山を築いている。

「だけど、だれがそんなもの……」

「こうやってシワを伸ばせば、ほら、裏に書けるだろ。子供の手習いにもつかえるし、障子紙《しょうじがみ》の破れたとこにも貼れる。焚《た》き付けにしたっていいんだし……」

「そりゃね、役には立つだろうけど……」

そんなものを売って、いくらになるというのか。とはいえ、えつの涙ぐましい努力を思えば笑う気にもなれない。

丈吉は一九が旅先で旅籠《はたご》の女に産ませた子らしい。そもそもえつの気持ちを考えて、舞と尚武が養い親になったのだ。知らん顔をしてもおかしくないのに、えつは丈吉を愛しんでいる。

「おっ母さんも精一杯がんばってくれてるんだもの、お栄さんにも手助けしてもらわなくちゃ」

台所を出て行こうとすると、えつが「ちょっと」と手招きをした。

「お父さんだけど……あれでもけっこうこたえてるんだよ」

一九は夜明けに、となりの朝日稲荷《あさひいなり》へお参りに行った。ところが祭壇の両脇に鎮座しているはずの御狐様が、なぜか下に落ちてころがっていた。いつもなら御神酒《おみき》を盗み呑みしてくるところが、一九は素面のまま、蒼《あお》くなって逃げ帰ってきたという。よほど驚いたにちがいない。

「御狐様がッ。まあ大変ッ。子供のいたずらかしら。酔っぱらいの仕業かも」

半眼でいつも眠そうな御狐様は、願《がん》を掛けても知らん顔。たいしてご利益《りやく》があるとは思えないが、近隣の住人たちの心の支えにはなっている。

「とにかくね、時が時だけに、お父さんは御狐様を見てますます丈吉のことが心配になったんだよ」

「ふうん、そういうことか。お父っつぁん、あれで案外、信心深いとこがあるからね」

「不吉な予感ってやつサ。ああ、あたしも心配になってきた。何事もなきゃいいけど……」

「あるわけないでしょ。お上品なご老女さまにもらわれたんだから。今ごろはお腹いっぱいおまんまを食べさせてもらって、あたしたちのことなんか忘れてますよ」

舞の眼裏《まなうら》には老女と丈吉のむつまじい光景が焼き付いている。

台所を出て二階へ上がった。

お栄は、相も変わらず絵を描いていた。蛙《かえる》だったり亀だったり河童《かっぱ》だったり、かと思えば枕絵だったり。最近は鬼に熱中しているようで、そういえば台所でえつがシワを伸ばしていた紙にも恐ろしい鬼の姿が描かれていた。

「ひゃァ、なによそれ」

舞はお栄のかたわらに座り込んで絵を眺める。

「鬼女」

「キジョって……」

「山姥《やまんば》みたいなやつ。あるだろ、謡曲にも『安達原《あだちがはら》』って鬼女の出てくるのが」

「ああ。老女の鬼ね。よおく知ってるわ。旅人を食べちゃう黒塚《くろづか》の老婆」

お栄が描く鬼女は白髪を振り乱し、耳までとどきそうな口と獲物をねらうような双眸《そうぼう》がなんとも生々しい。紙面から今しも飛び出てきそうだ。

「フフフ。お栄さん、これまででいちばん鬼女が上手だわ」

「フン」

「それよか、丈吉ちゃんのことだけど……」

舞が言いかけると、お栄はおもむろに目を上げた。

「鬼女がいるとこ……」

「安達原なら陸奥国《むつのくに》じゃなかったっけ」

「江戸にもある」

「へえ、どこに？」

「浅茅ヶ原《あさじがはら》」

「浅茅ヶ原っていうと姥ヶ池《うばがいけ》がある……あッ」

舞は目をみはった。花川戸町のあたり一帯は、かつて浅茅ヶ原といって草ぼうぼうの荒れ野だった。ここにも鬼女の伝承がある。

舞は深呼吸をして胸を鎮めた。

「丈吉ちゃんなら心配いらないわ。ご老女さまは……確かに独り暮らしだし、少し呆けてるみたいだけど……鬼女じゃないもの」

「どうしてわかるんだ？」

「どうしてって……この目で見たから」

「食われた旅人も、最初は鬼とは思わなかった」

「そりゃァ……けど、それは昔の話でしょ。鬼女なんて……」

いないと言いきれるのか。舞はお栄を見た。お栄は——赤鬼のような顔をしたお栄も——いつになく真剣なまなざしで見返してくる。

「御狐様のことだけど」

「おっ母さんに聞いた。お栄さんも知ってたのね」

「小父《おじ》さんが、出てこーい、どやつのせいだーッ、とか騒いでたからな」

「でも、それとこれとは……」

「筆が折れた」

一九の大声を聞いたとたん、折れるはずのない筆が折れた。お栄はなんだか気味がわるくなった。舞に話そうかどうしようかと悩んでいたという。

「水臭いわね。悩むことないのに」

「迷信だって笑われる」

「笑いやしないけど……やっぱり、ご老女さまが鬼女だなんてありえないわ」

いくらなんでも突拍子もなさすぎる。鬼の絵ばかり描いているので現実離れが酷くなって、お栄はなんでもかでも鬼に思えてしまうのかもしれない。

「丈吉ちゃんは……あっちじゃ八太郎だけど……八太郎はね、ご老女さまの昔の許嫁の子供なんだって。どうしても会いたいからってようやく捜し出したことになってるのよ」

「ほんとの孫じゃないのか」

「身寄りのないご老女さまにとっては、たった一人の知り合いだわ」

「知らない女が産んだ子だぞ」

「まァそうだけど……父親は許嫁だったんだし」

「なんで夫婦にならなかったんだ？」

「さァ……なんでかしら」

そこまでは聞いていない。そんなことは考えもしなかった。けれど――。

舞は老女を盗み見したときの光景を思い出していた。薄暗くて顔はよく見えなかった。鬼女うんぬんはともかくとして、縁談がこわれた経緯――老女と八右衛門とのかかわり――については念のため、調べてみた方がいいかもしれない。

「破談の訳がわかればいいんだけど。大昔のことだしねえ」

長年、大名家の奥御殿に仕えていた女である。身寄りがないということは、実家ももうないということだ。仕えていた大名家に問い合わせたところで、せいぜい出身地を教えてもらえるくらいで、奉公前の話までわかるはずがない。

「わかりっこないわね」

舞がため息をつくと、お栄はじっと舞の目を見返した。

「本人に訊けばいいだろ」

「ご老女さまに？」

「八太郎の話をしたんだから、破談のことだって」

「そうねえ。植木屋はいつも昔話を聞いてやってるって……でも、だめだめ、植木屋の徳三って人はご老女さまのご機嫌をそこねるようなこと、万にひとつもしやしないわ」

老い先短い老女が丈吉を八太郎と思い込んでいてくれさえすれば万々歳。おそらく礼金はもう借金の穴埋めにつかってしまったはずだし、よけいなことをして波風を立てては大変だと断固、拒否するにちがいない。

「婆《ばあ》さんは昔と今がごっちゃになってるんだ」

「そうだけど……」

「なら、ごまかせる」

「ごまかす？　そうだわッ。徳三さんも若返ればいいのね。丈吉ちゃんみたいに」

「植木屋になって昔話を聞いてやる」

「お栄さんもたまにはいいことを言うのね」

「フン」

もちろん植木屋でなくても、御用聞き、髪結い、隣人……心寂しい老女はだれにでも昔話をするかもしれない。そう思う一方で、奥勤めの長い老女が初対面の人間にそう易々《やすやす》と心を開くかどうか。けれど急を要する今は、悠長なことを言ってはいられない。

「ええと、だれに……ったって、お父っつぁんかウチの人しかいないわね」

一九ではぶちこわす心配が大だ。となれば――。

「呼んでこなくちゃ」

舞はそそくさと腰を上げた。階段を下りようとして振り返ると、お栄はもう鬼女の絵に没頭していた。髪を振り乱し、目を血走らせて、腹這いになっている姿ときたら……。

「あさましや、恥ずかしのわが姿や」

謡曲『安達原』の最後の一節を、舞はひそかに詠じる。

四

前回同様、舞は細く開けた木戸の隙間から庭越しに家の中を覗いていた。前回とちがうのは、老女といるのが丈吉ではなく若き日の植木屋に化けた尚武だ、ということ。

舞と尚武は小女に駄賃を渡して、丈吉を外へつれ出してもらうつもりでいた。が、その必要はなかった。二人は留守だった。目につくところに玩具《おもちゃ》がおかれ、鳥かごには小鳥、庭には亀がいるところをみると、丈吉は欲しがるものを与えられて、自由気ままに暮らしているらしい。

老女はこの日も品のよい着物姿で、両手を膝の上につかね、背すじを伸ばして端然と座っていた。やはり日陰の中にいるので細かな表情の変化までは読めないものの、ときおり機嫌よく忍び笑いをもらしている。さすがは尚武、持ち前の厚かましさと人なつこさで早くも老女の信頼を勝ち得たようだ。

尚武は、半纏《はんてん》に裁着袴《たつつけばかま》、頭にねじり鉢巻という格好で、縁側に腰を掛けていた。煙草盆を引きよせて長煙管《ながギセル》をくゆらす仕草も板についている。

はじめはだれもがするような雑談だった。それから昔話、両親のこと、嫁いだ姉のこと、病死した兄のこと……行きつ戻りつしながらも、ときに愉しそうに、ときに悲しそうに、老女の昔話は延々とつづく。

ふっと、会話が途切れた。

「それで徳三、八右衛門さまはなにをぐずぐずしておいでなのじゃ。なにゆえわらわを迎えに来てくださらぬ。なんと言うておられた」

突然、質問をされて、尚武は目を白黒させた。

「ええと……ええと……八右衛門さまはお風邪を召して……さよう、臥《ふ》せってござる、ととと、臥せっておりまさァ」

「また、わらわを謀《たばか》るつもりではなかろうの」

「謀る？　謀るとはどのような……」

「謀ったではないか。忘れたとは言わせぬぞ。八右衛門さま、おまえさまはわらわを置き去りにした。おかげで大恥をかかされた。笑いものになった。あのあと、どんなに、苦しく、辛い、日々を、すごし、たか……」

老女は興奮のあまり息をあえがせる。尚武が背中をさすってやろうと伸ばした腕をぐいとつかみ、いきなり爪を立てた。

「イタッ。な、なにをするッ」

「おまえさまには、煮え湯を、飲まされたッ。許さぬ。死んでも許すものかッ」

老女は尚武を許嫁の八右衛門だと勘違いしているらしい。

「おれは……あっしは、八右衛門さまじゃござんせん。植木屋の徳三でサ」

「徳三？　だれじゃ、徳三とは……。ごまかそうとしても無駄じゃ。おまえさまは八右衛門、なぜあんな女と……わらわという許嫁がありながら、なにゆえ駆け落ちをしたのじゃ」

「駆け落ち……」

「性悪女のためになにもかも捨てるとはもってのほかぞッ。恥を知れ。八右衛門、恥を……。ああ、あの女め、ここにおったら生かしてはおかぬものを……」

老女はもう爪を立ててはいなかった。尚武に両腕をつかまれて必死にもがいていたが、病弱な体ではいくらもつづかない。いつしか尚武の胸にすがって泣いている。

そうか、そうだったのか……と、舞は合点すると同時に胸を衝《つ》かれた。老女の許嫁、八右衛門は、老女ではない女と駆け落ちをしてしまったのだ。老女は恥をかかされ、放り出された。世間の好奇の目にさらされて、若い娘はどんなに苦悶したか。以後、結婚もせずに奥御殿へこもってしまった気持ちも今となればよくわかる。

その思いは当然ながら尚武にも伝わっているようだった。尚武は老女の背中をやさしくさすってやっている。

「さぞやお辛《つろ》うございましたろう。この八右衛門、幾重にもお詫びいたしまする。それゆえ、どうか八太郎をお返しいただけまいか。八太郎は大事なわが子。なにとぞ、この八右衛門に……」

首尾よく事が運ぶかに見えた。が、そうはいかなかった。老女は唐突に飛びのき、怯《おび》えと怒りがないまぜになった目で尚武をにらみつけた。

「何者じゃッ」

「え？　ええ……八右衛門……」

「八右衛門はわらわより歳上ぞ」

「は、はァ……あっしは、植木屋の徳三……」

「徳三の顔なら覚えておる」

「へ、へい。徳三の弟子で、今日はあっしが親方の代わりに……」

「帰れッ。さァ、早う、出て行けッ。ずうずうしい男じゃ、植木屋の分際で勝手に上がり込むとは……」

老女はとりつく島もなかった。

「よいか。八太郎は渡さぬぞ。憎き女の産んだ子なんぞ……ええいッ。八右衛門にお言いやれ。あの子を返してほしければ、わらわを迎えに来るように、と」

老女は家の奥へ逃げ込み、何度呼べどももう出てこない。

「馬鹿もんッ。丈吉はどうしたッ。置き去りにして帰るとはなにごとかッ」

舞と尚武の顔を見るなり、一九は怒鳴った。

いったいどこへ行ってしまったのか、丈吉はいくら待っても帰らない。老女の方は奥へこもったきりだ。今後の手筈を相談するためにいったん帰ったのだと説明しても、一九は納得しない。

「すぐに奪い返してこい」

「先立つものがないのに、どうやって返してもらうのよ」

「攫《さら》え」

「そうはいかないわ。訴えられたらどうするの」

「籠城戦《ろうじょうせん》に出る」

やれやれと舞は首を横に振った。突拍子もないところは老女といい勝負だ。

「とにかくね、今のところ心配はいらないわ。ご老女さまは鬼女じゃないし、丈吉ちゃんも……顔は見なかったけど……元気でやってるようだから」

舞は若き日の老女の悲劇を語った。すると今度はえつが眉をひそめた。

「坊主憎けりゃ袈裟《けさ》まで憎い」

「なによそれ」

「だからサ、許嫁に駆け落ちされたんだろ。そそのかした女を、ご老女さまは心底、怨《うら》んでるはずだ。だったら八太郎のことだって……」

殺したいほど憎んでいるかもしれないと、えつは言う。

「まさかそんな……。おっ母さん、ご老女さまは丈吉を、いえ八太郎をやっとこさで捜し出して、それは大事にしているのよ。玩具だって山ほどあったし……」

「肥えてなきゃ不味《まず》い。鬼女は旅人をもてなしてから食らった」

「お栄さんッ。やめてよ、縁起でもないッ」

あの上品な老女を――不幸な身の上を背負ったおしのを――恐ろしい鬼女になぞらえるとは、なんと心無い仕打ちか。

「いいこと、問題は、どうやったら丈吉ちゃんを返してもらえるか、それも穏便に。ご老女さまを悲しませるのは、このあたしが許しませんからね」

舞はきっぱりと言った。

それまで腕を組んで考え込んでいた尚武が、おもむろに顔を上げる。

「待てよ。今、思い出した。ご老女は、八右衛門がご老女さまを迎えにくれば八太郎を返してもよいと言っておったのではないか」

「確かに。八右衛門が迎えにきたら、こたびこそ華燭の典を挙げましょうぞ……とも」

お役目を退いて独りになった老女の胸に、八右衛門への想いがよみがえった。老女は、八太郎と暮らすためではなく、八右衛門を取り戻すために八太郎を人質にしたのかもしれない。

「そうだわ。八右衛門がご老女さまを迎えにいきさえすれば一件落着」

「けど、八右衛門は、とうに死んでるんじゃないのかえ」

「ええ、おっ母さん。本物はムリだけど……」

舞と尚武は目を合わせた。舞はその目を一九に向ける。

「この際、贅沢は言えないわ。他にもう役者はいないんだから」

「うむ。少なくともご老女と年齢は近い。先生、この際ひとつ、丈吉のために」

「ま、待て待て待て。わしが……このわしが八右衛門とやらのフリをするのか」

一九は目をむいた。が、丈吉を救い出すためだと言われれば、いやとは言えない。

「おっ母さん……」

「いいともサ。華燭の典でもなんでも挙げとくれ。熨斗《のし》をつけてくれてやるよ」

「そうじゃないの。ご老女さまと祝言《しゅうげん》を挙げるのはお父っつぁんじゃなくて八右衛門。だからおっ母さん、仕度をしてあげて。あたしたちの祝言で着たウチの人の着物、あれをお父っつぁんに着てもらえばいいわ。夜目なら顔も見えないし、みんなで盛大にお祝いしましょ」

華やいだひとときは、長い歳月、老女の胸にわだかまっていた悲しみや苦しみ、憎悪や怨恨《えんこん》を消し去ってくれるのではないか。そう、老女の願いは叶う。誇りを取り戻して、残りの日々を心穏やかにすごせるかもしれない。

「しかし、そのあとはどうすればよいのだ。まさかご老女と……」

「どうぞどうぞ、床入りでもなんでもご随意に。今さら驚きゃしませんよ」

「いや、そ、それは困る。取って食われたらなんとする」

舞は一九とえつの顔を見比べた。

「お父っつぁんもおっ母さんも、言ったでしょ、ご老女さまは、ご高齢で、ご病弱で、それに鬼女じゃないって。お心が落ち着くまでおそばにいてさしあげれば、それだけで十分だわ」

これを機にときおり昔話を聞いてやろうと、舞は思っていた。老女が孤独を感じないように、皆が交替で訪ねてやればよい。

「ともかく行きましょう。さ、みんな、仕度をして」

灯《ひ》ともしごろである。八右衛門役の一九をかこみ、一張羅《いっちょうら》でめかしこんだ舞、尚武、お栄、えつの一行は、賑々しく提灯《ちょうちん》をかかげて花川戸の老女の隠宅へ乗りこんだ。

ところが――。

老女はいなかった。丈吉もいない。整然と片づけられた座敷は塵《ちり》ひとつなく掃き清められて、初夏だというのに冷え冷えとしている。

「妙だのう。病弱なご老女が遠出をするとも思えぬが……」

「ご老女さまーッ。おしのさまーッ」

「丈吉ちゃーん、どこにいるのーーッ」

さほど広くもない家の中を皆で捜しまわる。

裏手の道具小屋で微《かす》かな声が聞こえた。呻《うめ》き声か。入り口の戸にかかった心張り棒をはずして中へ入ると、小女が古ぼけた糸車のかたわらにうずくまっていた。

「どうしたッ。なにがあった？」

尚武が駆けよって抱き起こす。舞は水を汲んできて飲ませてやった。

「ご老女と丈吉……いや、八太郎はどこだッ」

「八太郎さまのお姿が見えなくなって……それで、ご老女さまは、逆上されて、あたしをここへ閉じ込めて……それから姥ヶ池へ行くと……タタタタッと出て行かれました」

その言葉を耳にしたとたん、舞は自分の声とは思えぬ悲鳴をあげていた。糸車、姥ヶ池、タタタタッと飛び出す老女……。

「あァ、やっぱり鬼女。お栄さん、どうしよう……」

だれもが血の気の失せた顔で、茫然《ぼうぜん》と突っ立っている。

「行くぞ、急げーッ」

号令をかけたのは一九だった。

かつての浅茅ヶ原、今は寺社の立ち並ぶ一角で満々と水をたたえる姥ヶ池へ、五人は一目散に駆け出した。

五

朝日稲荷の御狐様は、何事もなかったかのように、祭壇の両脇に鎮座していた。半眼にすねたような口元が、いつにもまして人を小馬鹿にしているように見える。が、そんなことはもうかまわなかった。今朝はただただ御狐様が神々《こうごう》しい。

長々と合わせていた手をようやくほどいて、舞はとなりで小さな手を合わせている丈吉に目を向けた。丈吉が無事でいてくれて、どんなにうれしいか。老女の家を訪ねたあの夜の驚愕《きょうがく》と恐怖を思い出すと、今でも血が凍りそうになる。

姥ヶ池には老女も丈吉もいなかった。もしや、老女は丈吉を道づれに、池へ飛び込んでしまったのではないか。番所へ駆け込んで事情を話したものの、夜のことですぐに池さらいをしてくれるわけではなし、一行は不安を胸に、生きた心地もしないまま地本会所内のわが家へ帰った。

丈吉は、井戸端にいた。浅草の花川戸町から通油町まで、夜道を独りで歩いてきたという。やっとのことで帰ったのにだれもいないので不機嫌きわまりない顔をしていた丈吉だったが、舞、尚武、一九にえつ、それにいつも仏頂面のお栄までが歓声をあげて飛びついてきたので、文句を言うのも忘れて目を瞬《しばたた》いた。

舞は感極まって丈吉を抱きしめる。

「なんだよぉ。放してくれよぉ」

「フフフ。丈吉ちゃんがいてくれて、うれしいなァ、と思って」

「へん。知らん顔だったくせに」

「そんなことありませんよ。何度も迎えに行ったんだから。でも、いなかった」

「目が覚めたら道具小屋にいて、外へ出られなかったんだ」

最初の夜にはもう、小屋へ閉じ込められていたらしい。翌日もなにを飲まされたのか、眠ってばかりいたようだ。夕餉を運んできた小女が、このままでは大変なことになると案じて逃がしてくれたという。

「怖い思いをしたのね。可哀想に」

舞が頭をなでてやろうとすると、丈吉はうるさそうにその手を振り払った。

「別に。怖かないや。おまんま、いっぱい食べたしナ」

婆ちゃんは……と訊かれて、舞は口ごもる。

老女は、ほんの目と鼻の先だというのに、姥ヶ池までたどりつけなかった。翌朝、発見されたときには、寺と寺のあいだの路地で冷たくなっていたという。死に顔は穏やかで苦しんだふうもなく、鬼女を思わせる兆候はなにひとつなかったそうだが――。

「ご老女さまはお迎えがみえたので、遠いところへいらしたのですよ」

「ふうん。つまんないの。玩具がいっぱいあったから、遊びに行こうと思ってたのに」

「ここで遊びなさい。みんな、遊んでくれるわよ」

「ほんとかなぁ。なら訊くけど……」

「はい、どうぞ」

「姥ヶ池ってどこにあるの？　なんで姥ヶ池っていうの？」

舞は目を泳がせた。鬼女が貪《むさぼ》り食った人骨を捨てていた池、などという話はしたくない。

「ええと、わるいことをいっぱいしてしまったお婆さんがね、観音様の教えで悔い改めて、姥ケ池の竜になって天に昇ったっていう伝承があるからよ」

「わるいことってなに？　池に竜がすんでいたの？　けど、なんで婆ちゃんが竜になるのかなぁ……天に昇るとどうなるの」

これではいつまで経っても終わりそうにない。ため息をついたとき、尚武と一九の呼び声が聞こえた。

「おーい、舞ーッ。飯だぞーッ」

「丈吉ーッ。どこだ。早う来いッ」

舞はぱっと目を輝かせた。

「さァ、丈吉ちゃん、おまんまよ。行きましょ」

丈吉の手を握る。二人はわが家へ向かって勢いよく駆け出した。

江戸の空は大海原のように青々として、大小の鯉のぼりが悠然と泳いでいる。

旅は道づれ

一

真夏の陽光が降りそそいでいる。

まるめた反故紙《ほごがみ》が散らばった畳の上を、尺取虫が這っていた。指で尺を測るような珍妙な動きで器用に紙をよけ、あるいはガサゴソと乗り越えて、どこへ行くのか、まるで旅をしているみたいだ。

「しッしッ、あっちへお行き」

「ひや、文《ふみ》の上にのっちゃった」

「なんだ、これしき」

今井尚武《いまいしょうぶ》がひょいと手を伸ばしてつまみ上げ、庭へ放った。

日本橋通油町《とおりあぶらちょう》の地本《じほん》会所内にある借家、十返舎一九《じっぺんしゃいっく》の家の居間では、一九、女房のえつ、娘の舞《まい》、それに舞の夫で一九の弟子でもある尚武が車座になっていた。

一通の文の上に額を集めている。

「兄さんが駿府《すんぷ》に……江戸へは帰らないつもりかしら」

舞は首をかしげた。

「そろそろ帰って来るころかと思っていたのにねえ」

えつも当惑顔だ。

「駿府は先生の故郷にして、拙者の郷里でもある。縁者も大勢おるゆえ、これはめでたき話にござるぞ。先生、ご心配には及びませぬ」

尚武は一九の顔色をうかがった。ウンともスンとも言わないので、皆、一九の気持ちをはかりかねている。

この朝、飛脚がとどけてきたのは、一九の長男、つまり舞の兄の市次郎《いちじろう》からの文だった。一九は駿府の生まれで、若いころ江戸へ出て、そのあと大坂へおもむき、再び江戸へ戻って戯作者《げさくしゃ》として名をなした。市次郎と舞は江戸の生まれで、二人を産んだ三人目の女房が病死してしまったため、四人目の女房のえつに育てられた。

名をなした戯作者といっても台所は火の車。自らの苦しい執筆生活や破天荒な暮らしぶりにはさすがに思うところがあったのか、一九は市次郎を戯作者にはしないと決め、十二歳になるや懇意にしている老舗《しにせ》の本屋、永寿堂《えいじゅどう》へ奉公に出してしまった。その後、父親とは似ても似つかぬ実直な市次郎は、順調に出世をして、大坂にある永寿堂の縁戚筋の本屋に手代として招かれ、将来は番頭に、と嘱望《しょくぼう》されていた。

ところがどういういきさつか、駿府の豪商の後ろ盾を得て、このたび府中宿《ふちゅうしゅく》で本屋を開くことになったという。手代では休みをろくにもらえず、せっかくの藪入《やぶい》りも大坂では親の顔も見られない。疎遠になったまま、妹の祝言《しゅうげん》にも出席できなかった市次郎だったが、晴れて自分の店をもつとなれば多少の無理も利く。

——お父上さま、お継母《はは》上さま、そして舞どのとご亭主さま、皆々さまをぜひとも府中へお招きいたしたく……。

一人前になった姿を家族に見てもらいたいのだろう。それ以上に、父にもう一度、故郷の地を踏ませてやりたいと考えたのではないか。中風《ちゅうふう》を患う一九が、昔のように筆が進まずイライラを募らせていると風の便りに聞いて、ぐずぐずしていれば会えずじまいになってしまうのではないかと不安に駆られているのかもしれない。

そうはいっても、一九の足腰で府中宿まで行けようか。

「どっちにしたってムリムリムリ。ね、おっ母《か》さん」

「そうだねえ。せっかくだけど旅はもう……おまえたち夫婦で行ってきたらどうだえ」

「うむ。拙者も、一度は女房どのに生まれ故郷を見せたいと思うていたところだ。よき機会やもしれぬのう」

一九は腕組みをして三人の話を聞いていた。が、突然、カッと目をみひらいて「黙れッ」と怒鳴った。

「黙れ黙れ黙れッ。わしは府中へ行くぞ」

三人はいっせいに一九を見た。お父《と》っつぁん、お父さん、先生……と口々に声をあげる。

一九は目の前の文をつかみとった。

「息子の招きだ。応えてやらずばなるまい」

「でもお父っつぁん、その体で旅なんて……。途中で倒れたらどうするの」

「さよう。江戸から府中までは四十四里の余もありますぞ。どう考えてもあまりに無謀……」

「そうよ。だれより無謀な弟子がそう言うんだから、ね、あきらめた方が……」

「うるさいッ」

一九は舞と尚武を一喝《いっかつ》した。

「どこで死のうがわしの勝手だッ。道中でくたばったら道端へ蹴飛ばしておけ。野ざらしの頭蓋骨から薄《すすき》でも生えれば、それこそ願ったり叶ったり」

「お父っつぁんたら、聞き分けのないことばかり……」

「ねえ、ちょいと、およしよ」

今度はえつが、舞の言葉をさえぎった。

「いいじゃないか。お父さんがそう言うんなら、行こうよ」

「おっ母さんッ」

「あたしゃね、お伊勢参りが夢だったんだ。府中へ無事に着いたら、行ける者だけでも足を延ばして、お伊勢参りってのはどうかねえ」

「府中までだって大変なのに、ムリに決まってるわ」

「いや。待てよ」と、尚武が口をはさんだ。「お姑上《はは》の言うとおりやもしれぬぞ。父子が再会できる千載一遇の機会をわれらがつぶしてよいものか。先生にそこまでのお覚悟がおありなら、なんとしても、行かせてさしあげとうなってきた」

「さっきはどう考えても無謀だって……」

「無謀に変わりはないが……。いや、みんないっしょなら、なんとかなる」

「もう、あたしは知りませんよ。みんながそう言うんならご勝手に」

最後には舞も折れた。父の願いを無下《むげ》にはできない。

「善は急げだ。行くなら早い方がよい」

尚武の言うとおり。遅らせれば遅らせるほど、一九の病は重くなる。それに長旅は春か秋がいちばんだが、快適な季節は参勤交代の大名行列もあって東海道が混みあい、旅籠《はたご》も見つけにくい。

秋を待たずに出立《しゅったつ》することにした。そうと決まれば、早速、仕度にとりかからなければならない。

市次郎に知らせをやった。すると大層よろこんで、所用で江戸へ行く知り合いに路銀をもたせると折り返し文がとどいた。年がら年中、借金取りに追われている実家の状況は、市次郎もわかっているのだ。

「先生に駕籠《かご》をおつかいいただくとなると、ちょっとやそっとでは足りぬぞ」

「おっ母さんはお伊勢参りなんて言ってるし」

「丈吉《じょうきち》を置いてゆくわけにはゆかぬ。あいつは大食いだ」

丈吉は尚武と舞夫婦の養子になっているが、実は一九の隠し子らしい。

旅の途上、一九が病みつくことも、ないとは言えない。諸々《もろもろ》を考えれば、果たして市次郎が用意してくれるという路銀だけで足りるかどうか。

「おれは麴町《こうじまち》のご隠居に頼んで用立ててもらう。すまぬが……」

「はいはい。錦森堂《きんしんどう》でしょ。でも、餞別《せんべつ》をくれ、なんて言ったら、あの因業《いんごう》親父、きっと裏口から逃げてしまうわよ」

書肆《しょし》、錦森堂の森屋治兵衛《もりやじへえ》は、予想に反して、上機嫌で舞を迎えた。福々しい顔に浮かべた愛想笑いは、一九の執筆がとどこおって以来、とんと目にしないものである。

「これはこれは舞お嬢さま……と、ちがった、今井さまの奥さま、お暑うございます」

度《たび》重なる借金の無心に辟易《へきえき》している男の顔とは思えない。

「あのう、実は……」

「はいはいはい」

「いつものことで、申し上げにくいのだけど……」

「はいはい、なんなりと」

どうも様子がちがう。舞が事情を話して餞別を無心すると、治兵衛は待ってましたとばかりに袱紗《ふくさ》につつんだ銭をふところから取り出した。

「森屋さん、もしやご存知だったのでは？」

「いえなに、永寿堂のご主人から、市次郎坊ちゃんが親孝行をなさる話を……」

市次郎の府中での新店開業については、永寿堂の後押しもあったらしい。市次郎に父親の郷里で店を出させてやりたいと、お膳立てをしてくれたのだろう。

「それで、あたしたちが一家で府中へ旅をすることも聞いたのね」

「はい。まことにおめでとさんでがんす」

「わかったわ。あたしたちがいなくなれば借金を無心されずにすむ。それでよろこんでいるんでしょう」

「赤飯を炊きたいくらいで……あわわ、そういうことでは……。先生と坊ちゃんが親子の再会、これはもう感涙必至の、胸の温まる場面でがんすよ」

言いながらも、治兵衛はうれしさがこみあげてくるのか、体を左右にゆすっている。一九とは長いつきあいで、たっぷり儲けさせてもらっているから無心されても断れず、といって啼《な》かなくなった鶯《うぐいす》に餌をやるようなもので惜しくもあり……治兵衛はちょうどよい厄介払いとでも思っているのかもしれない。

「ま、いいわ。餞別をもらえるんなら、なんとでも思ってちょうだい」

「おや、異なことをおっしゃる。錦森堂の治兵衛は先生のご恩を忘れてはおりませんよ。餞別とは別にこちらは、へい、前金でがんす」

「前金？」

「このところやる気の出なかった先生も、東海道をお歩きになればまた気力がよみがえるかもしれません。そのときは、ぜひとも『東海道中膝栗毛《とうかいどうちゆうひざくりげ》』の続編を書いていただき、共々にがっぽりと……」

治兵衛は小鼻をふくらませた。

舞は治兵衛の、欲の皮の突っ張った——と、ずっと思ってきた——顔をあらためて眺めた。

治兵衛は本気で、中風病みの一九に続編が書けると思っているのか。いや、治兵衛は治兵衛なりに一九のことを案じているにちがいない。老病にあえぐ盟友を発奮させようとしているのは確かだろう。けれど、もうひとつ、これが今生《こんじよう》の別れになるやもしれず、そうなったときに後ろめたさを感じずにすむように先手を打っておくことにしたのかもしれない。

ま、どっちでもいいやと舞は笑顔になった。路銀がふんだんにあるのはありがたい。

あとは檀那寺《だんなでら》へ行って皆の往来切手を頼み、大家から関所手形をもらい、それから旅仕度である。舞は踊りの師匠をしているから、こちらもだれかに代稽古を頼まなければならない。

「お父っつぁんの気まぐれで、あーあ、忙しいったらありゃしない」

治兵衛には気ののらない顔を見せながらも、ふところが温かくなったとたん、舞ははじめての長旅に胸を躍らせていた。

二

旅立ちの朝は雲ひとつない快晴だった。

「おい、ここへ座れ。脚絆《きゃはん》を着《つ》けてやる」

「やだい、暑くるしいもん」

「お祖母《ばあ》さまがおまえのために縫ってくださったのだぞ。文句を言うな」

玄関口で尚武と丈吉がやりあっている。一方、台所では、舞とえつが握り飯を経木《きょうぎ》につつんでいた。

「腹下《はらくだ》しの薬は入れたかえ」

「入れました」

「ころんですりむいたときの塗り薬は？」

「ご心配なく。薬はぜんぶもちました」

「ええと、なんだか気ぜわしいねえ。手拭と、頭巾《ずきん》と、足袋《たび》の替えと……」

「おっ母さん、こっちはいいから、肝心のもの」

「肝心のものって？」

「お父っつぁん」

「あ、そうだ。忘れてた」

一九は、自分から強引に府中へ行くと決めたくせに、いまだ寝衣《ねまき》のまま畳にデンとあぐらをかいていた。無類の酒好きで、酒が入ると陽気になって、最後には誰彼の別なく大盤振る舞いをしたがるという人騒がせな一九である。が、それ以上に困るのは素面《しらふ》のときで、むっつり黙っているだけならまだしも、なんにでも喧嘩腰になる。しかも朝は大の苦手ときているから、厄介この上ない。

「舞ーッ。ちょっと、来ておくれ」

えつの呼び声に、舞はまたか……とため息をついた。出発前からこれでは先が思いやられる。

「ねえ、お父っつぁんてば、いいかげんに仕度を……」

駆けて行って抗議をしようとした舞は、尚武に押しのけられた。

「先生。旅立ちを祝って一献、いかがにござるか」

ン……と、一九は流し目で尚武の手元を見た。喉がごくりと鳴る。さては、尚武が手にしている竹筒には酒が入っているのか。

「ちょっと、だめよ、朝っぱらから」

「いいからここは黙って見ておれ。先生にはご機嫌よう歩いてもらわねばならぬ」

「そんな、馬に人参《にんじん》みたいなこと」

とはいえ、尚武の策は最良かもしれない。羽目をはずさない程度に機嫌よく……という塩梅《あんばい》は至難の業だとしても、一九に機嫌よく歩いて——歩けなくなったら駕籠に乗って——もらわなければ、府中へはたどりつけない。

「いい気になって呑みすぎないように、お父っつぁん、ひと口だけよ」

言いおいて、舞は玄関へ出てゆく。

「母ちゃん。祖父《じい》ちゃんは馬なの?」

丈吉に訊《き》かれた。

「とんでもない。駄馬よ駄馬ッ」

地本会所の門前には、裏長屋の住人たちの他にも、舞の踊りの弟子が数人と、手代をつれた森屋治兵衛が待ちかまえていた。

「一九先生。傑作をモノにして帰って来てくださいよ」

福々しい顔に浮かぶ笑みを見るかぎり、まんざらお愛想だけでもなさそうだ。

「うむ。楽しみに待っておれ」と、一九は胸を張った。「膝栗毛はもうムリとして、ま、東海道中蟒蛇記《うわばみき》とでもしておくか」

膝栗毛は、栗毛の馬に乗る代わりに自分の足で歩くという意味だから、蟒蛇記はさしずめ「呑んだくれの記録」とでもいう意味か。

文句を言いたいところだが、舞はぐっとがまんする。それより、裏長屋の人々があまりに大げさに別れを惜しむのには閉口した。

「先生。お世話になったことは死ぬまで忘れねえからね」

婆《ばあ》さんは一九の手を握って大泣きをする。男たちももらい泣き。子供たちだけは訳がわからず、丈吉と追いかけっこをしている。

「先生。ほんとに風呂桶、もらってええのかね」

「あっしには畳くれるっちゅうから……」

「あれェ、そんならおらは襖《ふすま》もらうか」

一九がまた安請け合いをしたらしい。

「馬鹿者ッ。この家は会所のもんだッ」

治兵衛の喝がなければ、屋根瓦までひきはがされることになったかもしれない。

そんなごたごたの中、舞は不安そうに四方を見まわしていた。

「ねえ、お栄《えい》さんはどうしたのかしら」

尚武に話しかける。

「自分だけ置いてけぼりにされて、へそを曲げておるのだろう」

お栄は葛飾北斎《かつしかほくさい》の娘で、一九の家に居候《いそうろう》していた。無愛想な上に、絵を描く以外はタテのものをヨコにもしない横着者だから、もちろん、今回の旅には誘わなかった。家族で出かけると話したとたん、プイと出て行ってしまったきり。それでも実家の方へは知らせをやったから、見送りくらいは来るものと思っていたのだ。

「それにしたってサ、あんなに世話になったんだから……。ねえ、おっ母さん」

「蛙《かえる》でも描いてるんだろうよ。それとも蛸《たこ》か幽霊か」

「そういや、尺取虫を描いてたっけ。ま、いいや。お栄さんの仏頂面を見たってしようがない」
一九、尚武、近ごろはえつまでが奇人の様相を見せはじめているから、しばらくのあいだ、奇人中の奇人、お栄の顔を見ないですむならそれに越したことはない。

「さ、行きましょ。お父っつぁん」

「おう。されば皆の者、出立いたすぞッ」

一九が片手を上げると、わーッと歓声が沸きおこった。鍋を叩く者、扇子や団扇《うちわ》を振りまわす者、踊り出す者もいる。一体なんの騒ぎか。討ち入りではあるまいし。これでは別れを惜しんでいるのか、狂喜乱舞しているのかわからない。

深く考えるのはやめて、舞は丈吉と手をつないだ。

一家五人は、東海道の振り出しであるお江戸日本橋へ向かって、記念すべき一歩を踏み出した。


災難は忘れたころにやって来る。

日本橋を渡って、通町《とおりちょう》一丁目に入ろうというときだった。

「お栄さんッ」

舞はつんのめりそうになった。

目の前の人混みに、赤鬼のような姿があるではないか。お栄は手甲《てっこう》に脚絆、振り分け荷を担いで、杖《つえ》に菅笠《すげがさ》まで手にしていた。

「な、な、なんなの、その格好は？」
一九、尚武、えつの三人も目を瞬《しばたた》いている。が、丈吉だけはぱっと飛び出して、お栄のもとへ駆けよった。
「なんだ、やっぱしいっしょに行くのか」

「フン」

舞もあわてて歩みよる。

「ねえ、お栄さん。まさか、とは思うけど……」

「まったく、いつまで待たせるのさ。日が暮れちまうよ」

「だけど、ねえ、往来切手とか、関所手形とかは……」

「あるに決まってる」

ということは、勝手に旅仕度をしていたのか。

「あのう、路銀は……」

「あるか、そんなもん」

一家の旅に便乗するつもりらしい。

「けど、だけど、家の人たちはなんて……」

言うだけ無駄だとすぐに気づいた。北斎はどこにいるのか、住所不定でほとんど音沙汰がないし、母親は亭主も娘も常人とは思っていないから、お栄が府中へ行こうが雲に乗って唐天竺《からてんじく》まで出かけようが気にかけるとは思えない。

「さ、行くよ。ほら、ぐずぐずしない」

お栄に先導されて、一行は茫然《ぼうぜん》と歩きはじめる。

通町をすぎて中橋広小路《なかばしひろこうじ》をぬけ、南伝馬町《みなみてんまちょう》へ、そこから京橋《きょうばし》、新橋《しんばし》、宇田川《うだがわ》橋《ばし》を渡って右手に増上寺《ぞうじょうじ》を見ながらなおも行くと金杉橋《かなすぎばし》だ。そのあたりからは京《きょう》上《のぼ》り、東下《あずまくだ》り、お伊勢参りと雑多な旅人が行き交っている。料理屋や蕎麦《そば》屋も軒をつらねて、美味《うま》そうな匂いがそこここから流れてきた。

「あー腹へった」

鼻をくんくんさせている丈吉に握り飯を与えれば、すかさずお栄が手を出す。尚武も負けてはいない。あっというまに握り飯は売り切れた。

「おーい、早《はよ》うよこせ」

一九はもっぱら酒である。はいはいと言いながら、えつもぐびりと隠れ呑みをしている。

「大食らいに大酒呑み、こいつらは、いったいなんなのよッ」

腹は立つが、今さらひき返すわけにはいかない。

「奇人気まぐれきりきり舞い……」

舞はやけになって、奇人封じのおまじないをつぶやく。

一行は泉岳寺《せんがくじ》を右手に見て高輪《たかなわ》をとおりすぎ、東海道の最初の宿場、品川宿《しながわしゆく》へ到着した。ざわざわと姦《かしま》しい宿場である。どこもかしこもにぎわっている。

「だめだめ、丈吉ちゃん。手を離したら迷子になるわよ」

「よし。肩車をしてやろう」

「それよりねえ、もうムリじゃないかえ。そろそろ駕籠を探した方が……」

えつの言葉に皆が一九を見た。

一九の歩調に合わせ、休み休み歩いてきたとはいえ、病持ちの老体でよくぞここまで歩けたものである。それも気付け薬のおかげ、といえば聞こえはいいが、今はその薬が効きすぎて半眼千鳥足になっている。

舞は駕籠屋を見つけて二挺《ちよう》、頼んだ。

「さ、お父っつぁん、おっ母さんも……」

皆でまず一九を乗せた。えつを乗せようとすると、すでにお栄が乗っていた。

「お栄さんッ」

そういえば、お栄は頑丈な見かけに似合わず足腰が弱い。しかもへたばると、生来の暴言にも無作法にも磨きがかかる。

「しょうがないわねえ。駕籠屋さん、もう一挺、六郷《ろくごう》の渡しまでお願い」

今日のうちに神奈川宿《かながわしゅく》まで行ってしまいたいところだが、ここはムリをしないで、六郷川を渡った川崎宿《かわさきしゅく》で旅籠を見つけようと、舞と尚武は相談した。

太陽は西にかたむいている。

三

舞、えつ、お栄、丈吉にとってははじめての――一九と尚武にとっては久々の――旅で気が張っていたせいだろう、川崎宿の万年屋《まんねんや》半七《はんしち》という旅籠で旅装を解くなり、一行はへたり込んでしまった。疲れ果てて熟睡したおかげで、翌朝の目覚めはさわやかだった。一九でさえ、表情がやわらいでいる。

「今日も暑くなりそうだけど、これなら雨になる心配はないわね。さ、みんな、元気に歩きましょう」

舞はいつのまにか引率者の役割を担っていた。このぶんなら今宵は戸塚《とつか》か藤沢《ふじさわ》、平塚宿《ひらつかしゅく》あたりまで行けるかもしれない。

ところが神奈川宿をすぎて、権太坂《ごんたざか》を越えたあたりで舞が振り向くと――。

「あれ、丈吉ちゃんはどこ？　お栄さん、ねえ、お栄さんってば」

この先には焼餅坂《やきもちざか》がある。焼餅を食わせる茶屋が人気だそうで、一九、尚武、えつの三人はそこで休みがてら竹筒の気付け薬で喉をうるおそうと話していた。三人のうしろに舞、そのまたうしろにはお栄と丈吉が並んで歩いていたはずだ。背後から二人の話し声が聞こえていたので、舞は安心してのどかな景色を満喫していたのである。

お栄のところへ駆けて行った。

「なにしてるの？」

「見りゃわかるだろ」

お栄は道端にしゃがみ込んで、絵筆を帳面に走らせていた。目の前には胴体に縄《なわ》を巻きつけられた泥亀《どろがめ》が、仰向けになって手足をばたつかせている。

「なにもこんなとこで亀なんか描かなくたって……」

「亀じゃない、すっぽん」

「似たようなものだわ。それより丈吉ちゃんは？」

「知るか」

「知るかって、いっしょに歩いてたじゃない。ちゃんと見ててくれなきゃ」

舞はあたりを見まわした。するとお栄が筆をもった手を、道のかたわらの雑木林の方角へ突き出した。林の向こうには川が流れているようで、よく見ると子供たちの姿があった。丈吉は、自分と同じ歳格好の子供たちが川原で遊んでいるのを見て、駆けて行ったのだろう。延々と歩いているだけなので、子供は飽きてしまったのか。

「丈吉ちゃんを呼んでくるから、お栄さんも早いとこ切り上げて」

お栄は顔も上げない。

「お父っつぁんたちがね、この先の茶屋で焼餅を食べるんだって。早く行かないと、お栄さんの分、なくなっちゃうわよ」

聞くや否や、お栄は矢立《やたて》をしまい、帳面をふところへ差し込んだ。

「こいつも持ってこ」

「すっぽんを？　やめてよ。夜中にもぞもぞ這い出したらどうするのよ」

そういえば、一九の『東海道中膝栗毛』にも、旅の途上で子供から買った泥亀が夜中に逃げ出し、弥次郎兵衛《やじろべえ》の指に咬みつく話があった。泥亀を見たら、一九はよろこんで、いまだ湧き上がってきたようには見えない創作意欲をかきたてられるかもしれない。

「わかったわ。とにかく急いで。まだ先は長いんだから」

舞はお栄に、焼餅坂の茶屋で舞と丈吉が行くまで休んでいるように、という三人への伝言を託し、川原へ急いだ。

「丈吉ちゃん。なにをしてるの？　早ういらっしゃい」

丈吉は着物の裾をまくり上げ、脚絆、足袋、甲掛草鞋《こうがけわらじ》を脱ぎ捨てて、川の浅瀬に入り込んでいた。他にも似た歳ごろの子供が二人いて、一人はふんどし一丁になって川の中に、もう一人は洟《はな》をすすりながら岸辺で仲間を眺めている。

「あ、母ちゃんか。すっぽんを探してるんだ」

よく見れば岸辺にいる洟垂れ小僧は二本の縄をつかんでいて、その先に二匹の泥亀がつながれていた。川の中にいる小童《こわっぱ》も縄を二本手にしているところを見ると、一匹は水の中、その他にもう一匹泥亀がいたらしい。

「餌を食わせてたんだって。そしたら一匹いなくなったっていうからサ、いっしょに探してやることにしたんだ」

「そんなことしてるヒマ、ないでしょう」

「だけどすっぽんがいなくなったら、こいつら、お伊勢参りに行けないんだよ」

二人の小童は下総《しもうさ》の漁師の子供たちで、お蔭参《かげまい》りを思い立ち、路銀がわりに泥亀をくすねて家を飛び出したのだという。泥亀を売ってここまでたどりついたが、伊勢神宮までは下総からここまでの道のりのまだ三倍以上ある。お蔭参りとは正式な許可を得ないお伊勢参りのことで、近年は子供だけのお伊勢参りもあると聞いていた。道中、信心深い人々が援助してくれることになっているとはいえ、泥亀数匹で伊勢まで行こうとは無謀きわまりない。

舞は小童どもを手招いた。

「すっぽんがどこにいるか、知ってますよ。いっしょにいらっしゃい」

一人には着物を着せ、もう一人の洟を拭いてやって、やむなく焼餅坂の茶屋へつれてゆく。

茶屋では、往来に並べた床几《しょうぎ》に腰を掛けて、一九、尚武、えつの三人が、鬼のいぬ間に酒盛りをはじめていた。かたわらの地面にあぐらをかいて、お栄は泥亀を描くのに余念がない。

「おう、来たか。おまえも呑め」

一九が舞に、早くもろれつの怪しい声をかけてきた。小童どもはもう泥亀に駆けよっている。

「おいらのすっぽんだッ。返せッ」

「やだね。拾ったんだ」

「逃げたんだ。だからおいらんだ。返しやがれッ」

「フン。拾ったもんはおれのもの」

こういうときのお栄は、あきれるほど大人げがない。

「ねえねえ、あとで返してあげるから。ね、あんたたちもここに座って焼餅をお食べなさいな」

舞はあいだに割って入って、お栄に比べれば多少は聞き分けのよさそうな小童どもをうながし、床几に掛けさせた。とんだ散財だとため息をつきながらも、自分の分と子供たち三人に焼餅を注文する。

小童どもも焼餅の誘惑には抗《あらが》えなかった。ろくに食事をしていないのか、あっというまにたいらげ、もっと欲しそうに足を踏み鳴らす。

「食いたいか。よし。好きなだけ食え」

「わーい、おっちゃん、ありがと」

「おっちゃん、おいらも」

「おう、食え食え。ふむ、おまえらは兄弟か。なんて名だ？」

「鮫吉《さめきち》」

「鯛五郎《たいごろう》」

「ほう、でっかくきたのう。愉快愉快」

「先生。膝栗毛では、初《しょ》っ端《ぱな》から小僧っ子どもに騙《だま》されましたぞ」

「そうか……そうだったか。ハハハ、では騙しっこだ。小僧ども、まずはわしを騙してみよ。上手く騙したらなんでもくれてやる」

「お父っつぁんッ。いいかげんにしてちょうだいッ」

ほろ酔いの一九は、なにを言い出すか知れたものではない。が、上には上がいた。旅の高揚感に加えて酒の酔いがあらぬ方に作用したのか、突然、えつがすすり上げた。小童どもがお蔭参りのために家を出て来たという話が、いたく琴線にふれたようだ。

「なんて健気な……なんていじらしい……。ねえ、お父さん、途中までいっしょにつれていってあげたらどうかねえ。子供だけじゃ心もとなかろうし」

むろん、一九に異存はなかった。今やはちきれそうなほど気が大きくなっている。

「よしッ。旅は道づれだ。小童ども、いっしょに来い」

「お父っつぁん、ねえ、おっ母さんも……勝手なことばかり」

「ま、いいではないか。にぎやかな方が旅は愉しい」

よく見れば、尚武も目がすわっている。

ああ、なんということか。この小汚い餓鬼《がき》どものアゴアシまで払わされるとは……。小さいくせに大食らいのようだし、これでは路銀がいくらあっても足りそうにない。

舞は天を仰いだ。

「舞。ちょっと、すっぽんをおさえててくれ」

「ひゃ、い、いやよ。気味わるい……」

「母ちゃん、おいらにまかせとき」

丈吉が地べたにしゃがみ込む。

泥亀ごとお栄の背中を蹴飛ばしたい衝動をかろうじてひっこめて、舞も焼餅にかぶりついた。

四

大人五人に子供三人、それに泥亀四匹という一行は、戸塚、平塚、小田原《おだわら》の宿場でそれぞれ一泊して——遅々として進まないので宿泊せざるをえなくなって——それでも江戸を出て五日目にはようやく箱根宿《はこねしゅく》へ到着。そこでも一泊した。

　今でこそ東西を行き来する人が増え、お伊勢参りもさかんになって、箱根の関所も昔ほどの難所ではなくなったようだが、「入り鉄砲に出女《でおんな》」と言われるとおり、女検《おんなあらた》めは厳格に実施されている。そもそも女検めとは、体《てい》のよい人質として江戸在住が定められている大名家の奥方が逃げ出さないように、つまり大名の謀反《むほん》を防止するための策である。

「フフ、お栄さんは心配いらないわね。どう見たって大名家の奥方には見えないもの」

　女検めは名主の女房や役人の妻女が人見女《ひとみおんな》をつとめると聞いていた。控えの土間で待たされ、一人ずつ別間へ呼び出される。

「よけいなことは言わないこと。神妙にしていなさいね」

「フン」

　えつ、お栄、舞という順番で並んでいたので、えつが無事に通りぬけたあとはお栄の番だった。別間に送りだしたと思ったところが、一瞬後、すさまじい悲鳴が聞こえた。お栄の声ではないから人見女の悲鳴か。

「いかがした？」「なにごとだ？」と、役人たちが飛んできた。長槍を突きだし、別間へ向かって大声で問いかける。

襖が開いて、ざんばら髪のお栄が顔を覗《のぞ》かせた。

「舞。盥《たらい》に水」

「まあ、大変ッ」

それだけで、舞はなにが起こったか理解した。人見女が指先を泥亀に食いつかれたにちがいない。

舞の推測は正しかった。役人たちは右往左往している。

「水を入れた盥につければ、すっぽんは指を吐き出しますよ」

一九の『東海道中膝栗毛』を精読していたおかげで、お栄と舞はあわてることなく役人に教えることができた。

泥亀は人見女の指を吐き出した……のはよいとして、そのまま取り上げられてしまったから、きっとその夜のうちにすっぽん鍋にされてしまうにちがいない。

「物騒なものをふところに入れたまま、検めに出むくやつがおるかッ」

お栄ばかりか舞までがこっぴどく叱られた。が、そのせいか、女検めの方はおざなりだった。舞の番がまわってきたときも、忌々《いまいま》しきものが飛び出したら一大事とでも思ったのか、人見女はろくに触れもしないで検めを終えた。疫病神のように片手を振って追い払われ、舞は無事、関所を通過した。

出口の前では一行が待ちかねていた。

「二人とも遅かったねえ。どうしちまったかと案じていましたよ」

えつが言えば、尚武も安堵の息をつく。

「わが女房どのは別嬪《べっぴん》ゆえ、どこぞの奥方さまにまちがえられたかと思うたわ」

舞ばかりがお愛想を言われたのが不服なのか、それとも取り上げられた泥亀のことでまだ怒っているのか、お栄は頰をふくらませている。

一九は、と見れば、子供たちにかこまれて質問攻めにあっていた。さすが『東海道中膝栗毛』の作者だけあって物知りである。いや、あることないことホラをふくのが子供たちにはおもしろいのか、一九自身もまんざらでもなさそうな顔である。

「さて、出立いたそう」

尚武は手まわしよく山駕籠を手配していた。中風病みの一九の足では箱根の山は越えられない。

「もう一挺はお姑上に」

「あ、お栄さんはだめよッ。おっ母さん、乗って乗って」

ふんどし一丁の駕籠かきが、エイホエッホと威勢のよい掛け声で駕籠を担ぐそのうしろを、舞、お栄、尚武と三人の子供たちが金魚の糞のようにぞろぞろとついてゆく。山越えは噂どおりの険しさだった。が、往来がひっきりなしなので、見知らぬ旅人同士、声を掛け合って、これはこれで愉しい。

「そういえば、膝栗毛では、山越えで知り合った旅人が護摩《ごま》の灰《はい》だったという話があったわね」

「うむ。あれは十吉《じゆうきち》だったたか。三島宿《みしましゆく》で朝起きると、弥次郎兵衛が胴巻に入れていた財布が消えていた……」

「夜中にすっぽん騒ぎがあって、そのときに盗まれたんだっけ」

「われらもお次は三島宿だ。ハハハ、女房どの、ご用心ご用心」

滑稽本《こつけいぼん》の中身と照らし合わせながら歩くのも愉快だった。

山を無事に下りたあとは、風習どおり三嶋《みしま》大社に詣でて「山祝い」のお参りをした。境内を駆けまわる子供たちを叱りつけ、反り橋に陣取って鴛鴦《おしどり》の絵を描きはじめたお栄の腕を引っぱり、一九に盗み呑みされた御神酒《おみき》をこっそり元の場所に戻しておく。ここでも舞は大忙しである。

山越えの疲れもあるので、早めに旅籠へ入《と》ることにした。灯ともしごろにはまだ少し早いものの、旅籠の並ぶ一角には留め女《おんな》が二人三人と出て、旅人の袖をひいている。

「おっ母さん、なにぼんやりしてるの？」

「あ、いえね、これじゃ、お父さんでなくたってつれ込まれるんじゃないかと思ってね。見てごらん。あそこの爺《じい》さんなんか、両方から引っぱられて袖がもげそうだよ」

舞はえつがあごをしゃくった方角を見た。おや、と首をかしげる。舞の目が吸いよせられたのは、迷惑そうな素振りを見せながらも鼻の下を伸ばしている初老の旅人ではなかった。片方の女の背後に、もう一人、別の留め女がいた。歳のころは四十そこそこ、実際にはもっと若いかもしれないが、十人並みの器量ながらも頬がこけて顔色がわるく、髪にも艶がない。これでは老けて見えるのもいたしかたなかった。

女の視線は一九に向けられていた。驚愕《きょうがく》──幽霊でも見たような──と、他にはなんだろう、曰《いわ》く言い難い色、少なくとも穏やかとは言えない色が顔に浮かんでいる。

「ねえ、おっ母さん、あそこ……。あら、いない」

わずかに目を離した隙に、女の姿は消えていた。

もしや、お父っつぁんの昔の知り合いでは――。

丈吉は一九が品川宿の旅籠の女に産ませた子供だという。真偽のほどはわからないが、大酒を呑むと自制心を失くしてしまう一九なら、大いにありそうなことである。

一行は「はたや」という旅籠に泊まることにした。

「えー、うちは健全な旅籠でございます。飯盛女など、ブルル、めっそうもない……」

主人の伊兵衛《いへえ》は揉み手に愛想笑いで太鼓判を押したが、足をすぎに出て来た肥えた女中が尚武に色目をつかったところをみると、客によって誘い文句を巧みにつかい分けているのかもしれない。

旅籠の座敷は十畳ほどの広さだった。といっても相部屋である。

「へい。ちょいとお詰めいただいて……。はいはい、こちらでございます」

衝立《ついたて》の数が際限なく増えて、新たな旅人が入ってくるたびに、一九たち八人は奥へ奥へと押しやられた。もっとも、どこの旅籠も似たようなものだ。夕餉《ゆうげ》をかき込み、順番に風呂をもらって、薄っぺらい夜具の上に折り重なるように――足と頭を逆にしたり丸虫のように丸まったりと工夫をこらして――一行は眠りについた。

蒸し暑い上に人いきれがたちこめているので寝苦しい。が、一日歩きつづけて疲れきっているから、盛大な鼾《いびき》や歯ぎしりもなんのその、ぼろ布のごとく熟睡できる。

真夜中に舞は目を覚ました。お栄の足に頭を蹴られたせいである。「イタッ」と声がもれた。左には丈吉と尚武、その向こうに鮫吉と鯛五郎兄弟、右にお栄、えつ、一九の順に寝ている。

ほんとにもう、お栄さんてば――。

体を起こしかけてはっと気づいた。自分たち八人の他にだれかがいる。それも女。そう、一九の寝床か。舞は闇の中で眸《ひとみ》を凝らした。

そのだれかは、舞の声に驚いて体を硬直させ、息をつめているようだ。

もしや飯盛女か。

だけど、さすがに今のお父っつぁんでは――。

一九は中風病みである。それに、いくら破天荒とはいえ、となりに女房が寝ているところへ飯盛女を呼び込むはずがない。となれば――護摩の灰ッ。

旅籠へ入る前に見かけた不審な女を、舞は思い出していた。あの女は一九を食い入るように見つめていた。一九となにか訳ありだったとしたら……。

大声を出すわけにはいかない。が、放ってもおけない。

舞は身を起こし、一九の方へ這って行こうとした。と、そのときだ。むんずと腕をつかまれた。えつである。

「おっ母さん……」

「しッ」

ガサゴソと音がして、人が逃げてゆく気配がした。

えつはなにも言わず、目を閉じたまま舞の腕をつかんでいる。

翌朝は曇天《どんてん》だった。

「雨にならぬとよいがのう」

尚武の言葉で、皆がいっせいに空を見上げる。

一九はすかさず下手な歌をひねり出した。

「降ったら旅籠へしけ込んで、いっぱい食べし酒のご馳走《ちそう》」

「お父っつぁん、何度言ったらわかるの？　すっからかんになっちゃうわ」

舞は眉をひそめる。ひそめながらも、父の顔色をうかがっていた。

一九は、昨夜、自分の寝床へ忍び込もうとした女がいたことに気づいていたのか。

「いっぱい食べし酒のご馳走」は『東海道中膝栗毛』に記されている狂歌のひとつで、上の句は「ありがたいかたじけないと礼言うて」というものである。道中でめぐりあった田舎親父にお世辞を言われていい気になり、飲み食いの分を払わされた……。「いっぱい食う」とは腹いっぱい食べるという意味だけでなく「いっぱい食わされた」の意でもある。

一九は今朝、起床するなり胴巻に入れていた財布がなくなったと騒いだ。えつは「どこかに落としたのでしょう」と取り合わなかった。たいした銭は入っていなかったからそれで終わりになってしまったものの……。

えつはなぜ、一九を問いつめなかったのか。

舞はえつの気持ちがわかるような気がした。あの女がもし昔の一九を知っていて、それで財布を盗んだとしたら、そっとしておく方がよい。えつはそう思ったにちがいない。一九はきっと、若気の至りで女に心ないことをしたのだろう。微々たる銭で女の怨念《おんねん》がわずかでも消えるなら、安いものだ……と。

一行は出立した。

舞はえつのかたわらへ行き、おもむろに手をつないだ。

「なんだい。あたしはしゃんしゃん歩けますよ」

「そうじゃなくて……ううん、いいや。ね、おっ母さん、なんだかあたし、膝栗毛のときのまんまの、昔のお父っつぁんと旅をしてるような気がしてきた」

「そうかい。そりゃ困ったねえ」

「なんで困るの？」

「旅の恥はかき捨て……とはいかない、ってこと」

「フフフ、おっ母さんたら……」

降りそうで降らない空の下を、百代《ひやくだい》の過客《かかく》が行き交っている。

五

三島宿を出立した一行は、沼津宿《ぬまづしゆく》で雨宿りをする羽目になった。雨は午後になって止《や》んだものの、その日はもう先を急ぐのはやめて、街道の景色を堪能しながら歩くことにした。なぜなら、富士のお山が、圧倒的な迫力と息を呑むほどの美しさであたりを席巻《せつけん》していたからだ。戯作者と絵師にはとりわけ垂涎《すいぜん》の景観である。

「わあーい、でっけえなぁ」

「けどおいらが見た絵とちがうぞ。てっぺんが白くねえや」

「ねえおい、なんであそこに登らないの？」

子供たちは大よろこびである。江戸からも見えるし、道々眺めてもいたが、目の前にそびえたつ富士山は趣を異にしていた。神々《こうごう》しいまでに輝いている。となれば、お栄が道端に座り込んで延々と絵を描いていても、だれも文句は言えない。

結局、その日は六里ほどしか歩けず、吉原宿《よしわらしゅく》で旅籠を探すことになった。

「眼福《がんぷく》、眼福。これでもう、思い残すことはありませんよ」

「なに言ってるの、おっ母さん。お伊勢参りをするんじゃなかったの」

「あれ、そうだったたっけ。まだまだ死ねないねえ」

「お伊勢参りの前に浅間《せんげん》神社にもお参りしなきゃ。お父っつぁんが子供のころ、お参りしていたってとこ」

「お父さんは府中で母親を亡くしたんだったたね。ああ見えて、胸のうちじゃきっと、いろんな思いがあふれているはずですよ」

吉原宿で一泊すれば、翌日は東海道一の早瀬だという富士川《ふじかわ》へ出る。渡し舟で渡って、蒲原《かんばら》、由比《ゆい》、興津《おきつ》、江尻《えじり》と四つの宿を越えれば府中宿だ。明日のうちには目的地へ到着する算段である。

往路最後の夜ともなれば、胸が躍るのはだれも同じで――。

「おーい、じゃんじゃん持ってこい。今宵は前祝いだ」

扇屋《おうぎや》という旅籠で旅装を解くや、一九は主人の伝兵衛《でんべえ》を呼びつけた。

「だれか知らんが、よし、おめえさんらもほれ、こっち来て呑みねえ」

ここはめっぽう魚が美味い。酒も美味い。

もっと早く止めればよかったと舞が後悔したときにはもう遅かった。いつのまに、いったいどこから、こんなに人が集まったのか。旅籠の八畳ほどの座敷は押し競饅《おくらまん》頭《じゆう》のようなありさまで、庭にも往来にも浮かれ騒ぐ老若男女があふれていた。旅人だけではない。宿場の住人も商いをすっぽかして駆けつけ、釣竿や鍬《くわ》を手にした漁師や農夫も隣近所に声を掛け合って来たらしい。団扇を振り、扇をかざし、大根や青菜を投げ合って、すでに旅籠はお祭り騒ぎと化している。

一九は、尚武に肩車をしてもらって得意満面。例によって例のごとく、

「そーれそれ、呑めや呑め。さァ、なんでもくれてやるぞ、持ってけ持ってけーッ」

などと、大盤振る舞いをはじめた。

「お父っつぁん、着物はどうしたの?」

「くれてやった」

「どうするのよ、ふんどし一丁で旅をするつもり？」

えつは、と見れば、これもタガがはずれたか、酒樽を抱え込んでいるし、お栄はここぞとばかり食い意地を張って他人《ひと》の皿まで漁っているし、子供たちはいったいどこへ行ったのか、姿が見えない。

「あーあ、笑ってないで、なんとかしてちょうだい」

舞は尚武をにらみつけた。蟒蛇と化した一九は尚武でも手がつけられない。わかってはいても、このままでは路銀が底をついてしまう。尚武もさすがになんとかしなければと思いはじめていたようだ。

「先生には最後になるやもしれぬ旅。多少は羽目をはずしても、と思うたのだが……」

「モノには限度というものがありますよ。これ以上、頭に血が上って、府中へ着く前に倒れたら元も子もないわ」

「さすれば……皆に事情を話して、お引き取り願うしかないの」

尚武はガンガンと鍋を叩いた。

「おーい、皆々、聞いてくれーィ」

騒ぎを鎮めて、皆の注目を集めるにはしばしの時を要した。その間に舞は一九の耳元で、これから尚武は「十返舎一九ここにあり」と喧伝《けんでん》するのだと教えた。自尊心をくすぐられた一九がじゃまをしないでいてくれたおかげで、ようやく座は静かになった。

「皆の衆、改めて紹介させていただく。こちらにおられるは、あの『東海道中膝栗毛』を書かれた十返舎一九大先生にござるぞ」

「おーッ」と歓声が沸き上がった。が、同じくらいの大きさで「えーッ」という抗議の声も聞こえてきた。舞と尚武はけげんな顔を見合わせる。

「嘘だと思うなら、ここでひとつ、先生に本のくだりを……」

どんなに酔っぱらっていても、一九は自著の話題を向けられると酔いが醒める。完璧には醒めないまでも、本の中の狂歌をつぶやき、かつて書いた文章を思い出すままに反復しているうちに、戯作者としての自覚が戻ってくるらしい。

「さ、お父っつぁん……」

舞は一九をうながした。が、一九の声は「嘘だッ」「偽者めッ」「でたらめ言うなッ」などというヤジにかき消された。

「なんだと？　どういうことだ？」

これには舞や尚武ばかりか、一九も色をなした。

「まァまァ、お聞きください」

旅籠の主人の説明によると――。

十返舎一九は、街道筋では有名人だという。白髪の温厚な老人で、身なりは粗末だが、どことなく風雅を感じさせる。酒がめっぽう強く、飄然《ひょうぜん》としていて、だれからも好かれているとやら。

「決して、馬鹿騒ぎなんぞはいたしません」

「そいつは偽者だッ」

「さようおっしゃられても……見た目はあちらさまの方が物書きらしゅう……」

「見た目がなんだッ。一九はこのわしだッ」

言えば言うほど、人々の疑いの色は濃くなってゆく。

一九を名乗る老人は、神出鬼没で、ふらりとあらわれると数日滞在して書き物をしたり、皆を集めて講話をしたり。銭はいっさい払わないが、請われれば気さくに一筆書いてくれるので、皆、酒や馳走を運んできては先生先生と奉《たてまつ》っているという。

「これをごらんください」

主人が蔵から出してきたのは、大事な客を迎えるときに飾るという掛け軸だった。

桐の箱から出して開いたそこには、見方によって達筆とも子供の書き損じともとれるカナクギ文字で「街道を行ったり来たりの膝栗毛」と書かれていた。片隅には落款《らっかん》もどきが押され、ご丁寧にも「一九」という名まで添え書きされている。

「畜生めッ。わしの名を騙《かた》りやがって」

一九は怒り心頭である。

「住まいはどこだ？」

「さぁ……存じません。おそらく知る者はおらぬかと……」

「捜せ捜せッ。見つけたら肥溜《こえだ》めにぶち込んで、樽ごと川へ投げ込んでやる」

舞は一九の手から掛け軸を取り上げた。今ここでひきやぶりでもしようものなら、宿場の人々から袋叩きにされそうだ。大酒を呑んでふんどし一丁、馬鹿騒ぎをしている一九と、宿場の皆から敬われている偽一九では、本物の方が遥かに分《ぶ》がわるい。

「お父っつぁん、腹を立てるのはわかるけど、実害をこうむったわけじゃないんだし……。とにかく、今は忘れて、機嫌よく府中へ行きましょう」

「女房どのの言うとおり。捜す当てがないなら、ここは焦らず、じっくり構えることにございますぞ。府中へ行けば、なんぞ手がかりがつかめるやもしれませぬ」

舞と尚武になだめられて、一九はようやく怒りを鎮めた。とはいえ、むろん、このまま見過ごす気はないようで、主人をはじめ宿場の住人たちに偽一九があらわれたら府中へ知らせるようにとくどくどと頼んでいる。

馬鹿騒ぎはお終《しま》いになった。

舞は安堵の息をついた。

「おや、もうお開きかい。まだ呑みたりないのにねえ」

「おれは食いすぎて腹が痛くなった。舞、薬をくれ」

酔眼のえつと、腹をさすっているお栄を寝かせ、子供たちをかき集めて床へ押し込む。一九はもう鼾をかいていた。

「やれやれ。明朝ここを出るとき、いったいいくら吹っかけられるか。頭が痛いわ」

「なぁに。無事にここまで来られただけでもめでたいと思わねば。病人の先生に旅ができたのだ。これはすごいことだぞ」

「そうね……そうだわね。明日は兄さんにも会えるし、お父っつぁんがどんなによろこぶか」

たとえすっからかんになっても、この、おそらく最後になるであろう旅が父にとって最上のものであるならそれでよいと舞も思った。身勝手で破天荒で傍迷惑《はためいわく》な父ではあるが、生い立ちの秘密やそれに伴う苦難の過去を知らなかった娘時代とはちがって、今は舞も父を理解し、尊重している。

「われらもしっかり寝ておこう」

「あ、待って。あたしは端っこに寝るわ」

お栄のとなりだけはごめんだ。蹴られるのはもうこりごり。

子供と衝立のあいだのわずかな隙間に、舞は体をすべり込ませた。

翌朝、一行は早々と吉原宿を出立した。

府中宿の縁者のところに滞在すると話したのが幸いしたのか、総勢八人なのでそこそこ名のある旅籠をえらんだのがよかったのか、舞が案じたほどの宿賃を払わされることもなく、一九とえつの二日酔い、お栄の腹痛も治まって、上々のすべり出しである。右手には富士のお山、左手に駿河《するが》湾のきらめきを眺めながらの旅は歩みも軽い。

ところが富士川を渡るときになって、お栄がいやだと言い出した。

「渡らなきゃ、府中へ行けないわよ」

「なら、行かない」

「そんな……ねえ、お栄さん、大丈夫だってば。手を握っててあげるから」

お栄は見かけに似合わず臆病者である。その上、頑固だ。

渡し場でしゃがみ込んでしまったお栄を説得するのは骨が折れた。が、このときばかりは、一九が助け舟を出してくれた。

「渡った先に名物の栗粉餅《くりこもち》がある。季節柄、栗の粉ではのうて芋の粉やもしれぬがの、こいつがめっぽう美味い。好きなだけ食わせてやるぞ」

昨夜は腹痛だったはずなのに……お栄は現金にもそそくさと舟に乗り込んだ。

舟は急流に巻かれ、あわや沈みそうになりながらも、無事に対岸へ着いた。縁《へり》を握りしめて眩暈《めまい》と吐き気をこらえていたのは、お栄ではなく舞だ。蒼《あお》ざめた顔で舟を下りたとたん、お栄にヒヒヒと笑われた。

「なんだ、弱虫」

「お栄さんに言われたくないわね。自分こそ、あんなに怖がってたくせに」

「フン、栗粉餅栗粉餅」

子供たちとたわむれながら遠ざかってゆくお栄の背中を、舞は地団太を踏みながらにらみつける。

尚武がかたわらへすっと寄ってきた。

「あと七、八里か。いよいよ府中だぞ」

「そうね。あたしたち、とうとう、ここまで来ちゃったのね」

父一九の、そして夫尚武の故郷——府中宿。そこには兄がいる。父の亡母、会ったことはないけれど舞の祖母に当たる女人《にょにん》の思い出もつまっているはずだ。

一九は今、どんな思いで歩いているのか。

舞は空を見上げた。深呼吸をする。

「行きましょう。また元気になってきたわ」

尚武の大きな手で背中をトンと叩かれて、舞は笑顔で歩きはじめた。

世は情け

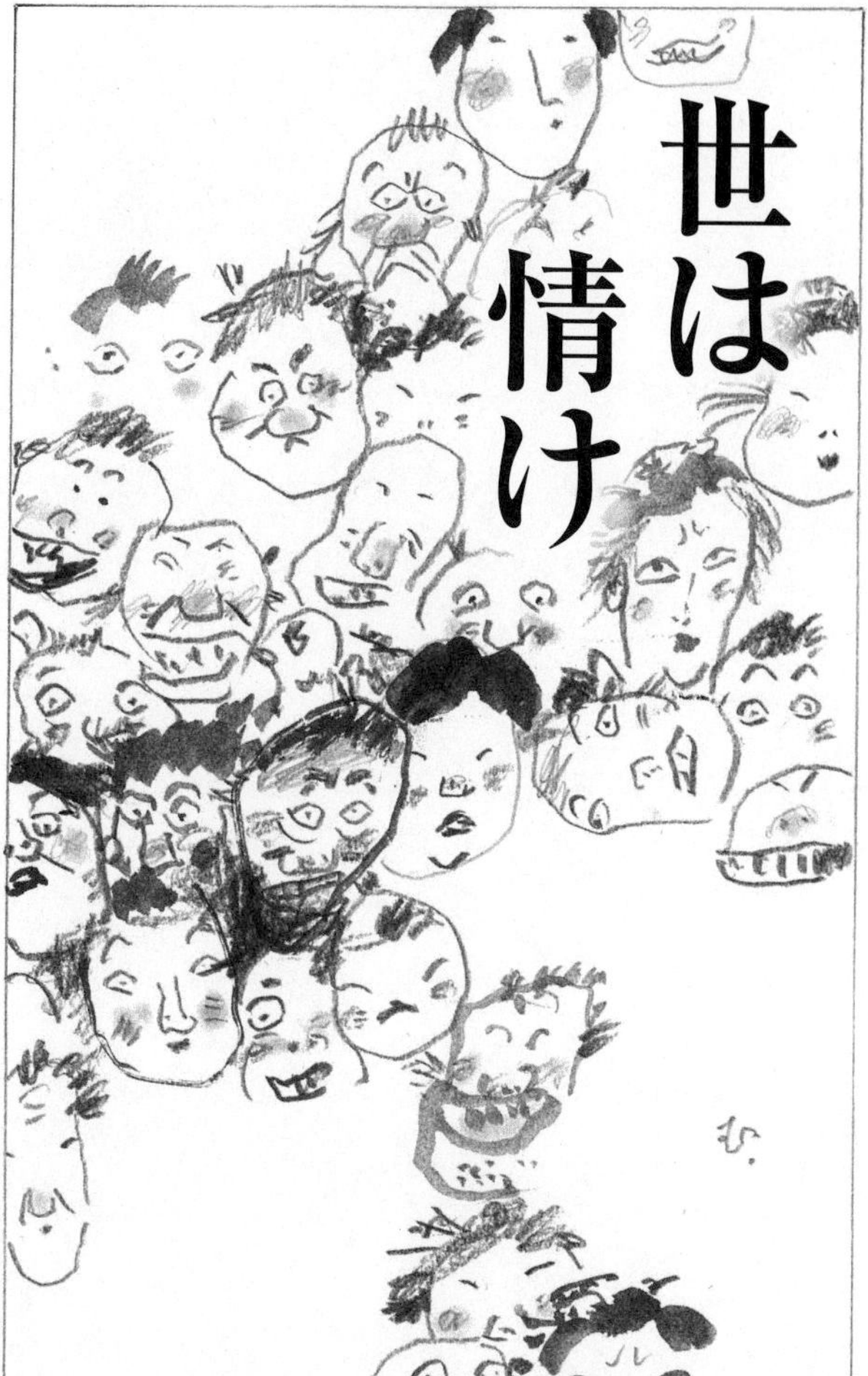

一

残暑は厳しいものの、駿河《するが》湾から吹き流れてくる風は早くも秋の気配を孕《はら》んでいる。

「しーッ」

「まかせとけって。それッ」

「ほーら、またしくじった。父ちゃんは下手っぴだなぁ」

尚武《しょうぶ》と丈吉《じょうきち》が庭で遊んでいる。

「なに、してるの？」

舞《まい》は濡れ縁へ出ていった。

「赤とんぼ。父ちゃんが捕りそこなって逃げちゃった」

「とんぼがいるの？　そうか、ここへ来てもう半月過ぎたのか」

「江戸を出立《しゅったつ》したのは……うむ、ひと月近く前だぞ。ここは江戸より時の経つのが早い。なにもしとらんのに、毎日があっというまに過ぎてゆく」

尚武は手拭で汗を拭いながら縁に腰をかけた。丈吉はしゃがみこんだまま蟻《あり》が蟬《せみ》の死骸を運ぶ行列を眺めている。

「それはね、遊び呆《ほう》けているからよ。借金取りは来ない。お米の心配もいらない。お父《と》っつぁんもなんとか人並みにやっている。ありがた山の山椒《さんしょう》だけど……」

駿府《すんぷ》へ到着した当初は、郷里が生んだ稀代の戯作者《げさくしゃ》の顔を拝もうと縁者や野次馬が押しよせ、宴会もひっきりなしだった。例によって一九《いっく》の酒量は相当なものだったが、さすがに持病もあり、長旅の疲れもたまっていたのか、騒ぎを引き起こす前に寝てしまう。ここへ来てから一九が家族を困らせたことはまだない。

「だからこそ剣呑《けんのん》、かえって気味がわるいわ。そろそろドカンと、なにかやらかすんじゃないかしら」

「三十余年ぶりの故郷ゆえ、先生には胸に迫るものがおありなのだろう。それで調子が狂うてしもうたのやもしれぬ」

「かといって、筆をとる気配もない」

「道中も昔と様変わりをしていた。なにを書いたらよいのか、迷うておられるのではないか」

十返舎《じっぺんしゃ》一九と女房のえつ、娘の舞、舞の亭主で一九の弟子の今井《いまい》尚武、二人の養子で一九の隠し子らしき丈吉、それに葛飾北斎《かつしかほくさい》の娘のお栄《えい》の六人は、盛夏に江戸を発《た》って駿河国府中宿《ふちゅうしゅく》へやって来た。一九の息子、市次郎《いちじろう》に会うためである。

市次郎は、十二歳のとき、永寿堂《えいじゅどう》という本屋へ奉公に出された。ここ数年は大坂で働いていたが、このたび一九の郷里の駿府で店をかまえることになった。そこで、家族を招いた、というわけだ。

一九は中風《ちゅうふう》病みである。旅は無謀だとだれもが心配したものの、どうしても行くと言って聞かない。とうとう押しきられて出立。珍道中ながらもどうにかこうにか府中宿へたどりついた。病が重くなる前にわが子の顔を見ておきたいという親の情と、今一度、郷里の土を踏みたいという望郷の念が、不可能を可能にしたのだろう。『東海道中膝栗毛《とうかいどうちゅうひざくりげ》』で一世を風靡《ふうび》した一九が再び東海道をたどる――本人はもとより、家族にとっても感慨深い旅となった。

市次郎は自ら府中宿のひとつ手前の江尻宿《えじりしゅく》まで迎えに来ていた。家族は涙の再会を果たした。一九でさえ、日ごろの毒舌はどこへやら、感涙にむせんだ。

へええ、お父っつぁんにも涙ってもんがあったんだ――。

いささか芝居がかってはいたものの、舞ももらい泣きをしたものだ。

市次郎は、幼いころから一九の子とは思えぬほど実直で礼儀正しかった。いや、一九も若いころは生真面目だったと聞く。今ではめったにないことだが、素面《しらふ》のとき黙々と文机《ふづくえ》に向かう姿はその片鱗《へんりん》を感じさせる。市次郎の場合は、父ゆずりの生真面目さに商人修業で身につけた物腰の柔らかさが加わって——さらに言えば多感な時代に一九という奇人のそばにいなかったことも幸いして——父とは似ても似つかぬ大人になったのだろう。

一行は府中宿の人宿町《ひとやどちょう》で手広く商いを営む駿河屋《するがや》で旅装を解いた。そこでは丸い目をした笑顔の愛らしい市次郎の女房が待っていた。店を出すために府中へ移ったと文《ふみ》では伝えてきていたが、市次郎は駿河屋の娘婿に迎えられ、自分で本屋を開く話は目下、お預けになっているらしい。

「こちらへ参りましたら、舅《しゅうと》さまが急な病で寝込んでしまわれました。義弟はまだ若年ですのでしばらくはこちらをお手伝いいたすことになりまして、手前の店を出す、などと呑気《のんき》なことを言っている場合では無《の》うなってしまいました」

とはいえ、財はあるし古参の番頭もいるので心配はいらない。

「これまでは心ならずも上方《かみがた》暮らし。親孝行のひとつもできず、心苦しゅう思うておりました。舅さまもこの機に孝養を尽くすようにと仰せくださいましたし、川辺《かわなべ》村《むら》には駿河屋の別宅もございます。皆さま、心ゆくまで滞在してください」

名ばかりあっても銭はなし、借金取りに追われ、銭の工面が日々の仕事になっている舞たち家族には夢のような話である。

「鶏が金の卵を産んだってわけね」

一九と市次郎を見比べて、舞は羨《うらや》ましそうにため息をついた。お栄がすかさず小意地のわるい目をむけてくる。

「玉の輿、玉の輿って言ってた舞じゃなくて、兄さんが玉の輿に乗ったってわけか」

「出戻りのお栄さんに言われたくないわね。山駕籠《やまかご》だってないよりゃマシよ」

一行ははじめの数日を人宿町の店の敷地内の離れで過ごしたあと、川辺村の別宅へ移った。青畳の香《か》も清々《すがすが》しい、広々とした住まいである。こちらにも、米はもちろん、ふんだんな山海の幸や美味《うま》い酒がとどけられる。なんの不自由もない。なにかと気ぜわしい町中の離れより、一九の養生にはもってこいだ。

「お顔のお色がずいぶんとようなられましたね」

「急にどうこういう病ではなし……こちらのことは手前どもに任せて、今のうちにお伊勢参りにいらしてください」

お伊勢参りは一九の病平癒《へいゆ》のためにもなる。市次郎夫婦に勧められて、もとよりお伊勢参りが悲願だったえつはその気になった。

「おっ母《か》さんのたっての願いだし、叶えてあげたいけど……お父っつぁんがなんて言うか」

「先生ならそれとなく訊《き》いてみた。行けるときに行けばよいと仰せだった。お気が変わらぬうちに出立した方がよい」

尚武も自分がついているから心配はいらぬと請け合った。一九と尚武と丈吉……三人に留守番を頼むのは虎ならぬ猪を野に放つようなものではあったが――。

「目をつぶって行っちゃいましょ。でなけりゃ、おっ母さん、お伊勢参りなんて死ぬまでできやしないわよ」

「そうだねえ……。ここは、清水《きよみず》の舞台から飛び下りたつもりで……ええい、行きましょ。で、お栄さんには話したのかい」

「あ、忘れてた。言わなくたって、どうせついてくるわよ」

お栄はつれてゆくのも置いてゆくのも不安だ。となれば、目のとどく範囲にいてくれた方が多少ながらも心が休まる。

　というわけで、立秋が過ぎた一日、舞、えつ、お栄の三人は駿河屋の下僕、松吉《まつきち》の道案内で府中宿を出立した。三人は市次郎があつらえてくれた白装束を身にまとい、菅笠《すげがさ》に手甲脚絆《てつこうきやはん》、甲掛草鞋《こうがけわらじ》、頭陀袋《ずだぶくろ》をかけて力杖《ちからづえ》を手にしている。

「まさか、夢が叶うとはねえ」

「おっ母さんは、まだ二十歳《はたち》にもならないときにあんなろくでなしのお父っつぁんにころがりこまれて、あたしや兄さんを育ててくれた……。苦労ばかりしてきたんだもの、大いばりで羽を伸ばせばいいんだわ」

「そうかねえ……なんだか、もったいないねえ。でもま、おまえだってあたしらのために独りで苦労を背負《しょ》い込んできたんだ。ご褒美だと思って、ゆっくりしとくれよ」

　えつと舞はそこで、同時にお栄を見た。

「苦労どころか、好き勝手してるくせに、タダで便乗しようっていう厚かましい人もいるけどね」

　お栄は聞こえないフリ。

「およしよ。喧嘩はやめとくれ。せっかくのお伊勢参りなんだから」

「はいはい。女三人の珍道中、せいぜい愉しみましょ」

日ごろの鬱憤《うつぷん》を晴らそうと舞もえつも意気軒昂。安倍川《あべかわ》を渡って丸子宿《まりこしゅく》、さらに岡部宿《おかべしゅく》を越えて、この日は藤枝宿《ふじえだしゅく》の旅籠《はたご》、東屋《あずまや》へ泊まることにした。

二

「腹、へこへこだァ」

「なによ。餅だ団子だ饅頭だと買い食いばかりしてたくせに。どれだけ食べたら気がすむのよ」

「舞。喧嘩はナシと言ったろ。お栄さんも、さ、舞の言うことなど気にしない気にしない」

なんだかんだと言いながらも、女三人、夕餉《ゆうげ》の膳を前に浮かれていた。記念すべきお伊勢参りの初日ということで、景気づけに酒を注文する。

これが、まちがいのもとだった。

「いっつも、自分たちばっかし呑んだくれてサ……なんだい、女だからって甘くみるんじゃないよ。舞。ほら、じゃんじゃん頼んどくれ」

「おっ母さん、明朝、腰が立たなくなったらどうするのよ」

そう言いながらも、舞もつい気がゆるんで二杯、三杯と盃を重ねる。

お栄は、と言えば、早くも顔を真っ赤にして呑むわ食うわ、食うわ呑むわ、据わった目は親の敵《かたき》に挑むような猛々《たけだけ》しさである。

「松吉。おまえもお呑み」

「いえいえ、とんでもございません。あっしは不調法でして」

「いいからお呑みってば。ちょっとくらい、いいじゃないか」

「いえ、へい、では一献だけ……。あ、ほんのちょびっとで」

ところが一献が二献になり、二献が三献になるや……。

「ウォーイ、酒もってこーい。親父ッ。ぐずぐずするなッ、酒だ酒だッ」

松吉は裾をまくってあぐらをかき、二の腕までむきだしにして大江山《おおえやま》の酒呑童子《しゅてんどうじ》さながらである。「踊れーッ。歌えーッ」とけしかける酔いっぷりのすさまじさは、一九に勝るとも劣らない。

えつもろれつのまわらぬ声で歌い出した。お栄はよろめきながら不細工な踊りを披露する。それを見て舞はケラケラと笑いころげた。なにもかもがおかしくてたまらない。

と、そこへ――。

「ほうほうほう、皆さま、愉しそうですなァ。お相伴させていただいてもよろしゅうございますかな」

白髪の小柄な老人がやって来た。いつのまにか舞のとなりに座り込んで酒を呑んでいる。身なりはみすぼらしいが、品のよい、いかにも好々爺《こうこうや》といった老人である。

「女子《おなご》だけでお伊勢参りにござらっしゃる。それは見上げたお心がけじゃ」

老人はおもむろに「風景に愛嬌ありてしおらしや、女が目元の汐見坂《しおみざか》には」と狂歌を披露した。どこかで聞いたような気もしたが、酔っているので思い出せない。

「歌をお詠みになるのですか」

「ま、ほんの少しばかり」

「お名前をお聞かせください」

「いえ、名乗るほどの者ではございません。それに、どのみち女子衆《おなごし》ではご存じありますまい。それよりおっと、酒が無うなりました」

老人は勝手に注文しては、ぐびりぐびりと呑んでいる。

しばらくして、旅籠の主人が挨拶に来た。

「これは十返舎一九先生のご一行さま、ようこそおいでくださいました」

「あら、よくわかりましたねえ。一九の女房と娘だって」

宿帳には一九の本名の「重田《しげた》」で記入している。

「それはもう……いつもご贔屓《ひいき》いただきまして、ありがとう存じます」

三人が三人とも――松吉も同じく――これほど深酔いしていなければ、この時点で気づいたかもしれない。が、だれも頭が正常に働いていなかった。老人の狼狽ぶりも見ぬけなかったところをみると、頭だけでなく視界も曇っていたのか。呑めや歌えでひとしきり騒いだあとは皆、正体なく眠りこけてしまった。

翌朝は寝過ごした。が、次の島田宿《しまだしゅく》のその先は大井川《おおいがわ》の川越しである。せっかくの晴天でもあり、今日の内に川越しだけはしておきたいと、それぞれにまだ酒の残った頭と体を励まして出かけようとしたときだ。

「えーお勘定を……」

昨夜の大散財は覚悟していた。そうはいっても――。

「これじゃ、いくらなんでも、ぶったくりだわ」

「ですが一九先生がお発ちになるとき、毎度ツケばかりでは心苦しいから、今日はこれまでの分も取っておいてくれと仰せになりまして……」

「一九先生ッ」

異口同音に叫ぶ。

「旅籠でツケなどふつうは無い相談にございますが、十返舎一九はだれもが知る大先生、東海道で商いをする手前どもにとっては大恩人でもございますから……」

「偽一九だわッ」

江戸から府中へ向かう道中でも、一行は偽一九の噂を耳にしていた。本物の一九より遙かに本物らしく見えるという老人は、正体不明で神出鬼没だ。激高した一九は府中へ着いてからも怒りがおさまらぬようで、皆に訊き合わせてはいるものの、いまだに手がかりはつかめない。

その偽一九と、よもやひと晩、酒を酌《く》み交わしていたとは――。

「思い出したッ。あれッ、あれ、あれは膝栗毛の中にあった狂歌だわ」

「はい。『東海道中膝栗毛』はここらでも大人気ですから、先生はよう膝栗毛の中のお歌を披露なさいます」

「なら、昨夜は、一九が家族をつれてやって来たと……」

「ご家族づれは今回がはじめてでございます。いつもはお独りでぶらりと……。でもあのお人柄ですから、すぐに人が集まって参ります。あれだけの大先生だというのに偉ぶらず、だれの話にも真剣に耳をかたむけてくださいまして……」

扁額《へんがく》や掛け軸、句集の跋文《ばつぶん》なども気さくに書いてくれるので、地元の者たちは皆、大よろこびだという。

「しかし、あのなりにございましょ、まさか、このようにご立派なご家族さまがおられるとは思いもいたしませず……」

旅籠へ着くなり浮かれ騒いでいたのだから、どこが立派な……と返したいところだが、主人が言う立派とは、行いではなく、銭があるということだろう。

老人は、ひと足先に行くと言いおいて、夜明けには出立してしまったという。となれば、今から追いかけても追いつけるとは思えない。そもそも、どちらへ行ったかもわからないのだ。

舞は泣く泣く宿賃を払った。

一行は西へ向けて出立した。軽くなった財布のせいで足取りは重く、心も沈んでいる。だれも口を利かないのは、二日酔いのせいばかりではなかった。まんまと騙《だま》された口惜しさで、四人が四人ともうちのめされている。

島田宿の手前まで来たところで、えつがぴたりと足を止めた。

「ねえ舞、わるいんだけど、あたしゃ府中へ帰らせてもらうよ」

舞は目をみはる。

「そんな、どうして……大丈夫よおっ母さん、路銀ならなんとか……」

「いいや、そうじゃないんだよ。お父さんの話をしてたらね、なんだか可哀想になってきちゃってサ、中風病みのお父さんを放《ほ》っぽらかして伊勢へ行ったところで、きっとおちおちお参りなんかしてられない。そうさ、富士のお山を間近で拝んだだけで十分だ」

「おっ母さん……」

「言い出したのはあたしなのにね、申し訳ないとは思うけど、堪忍しとくれ。おまえたちだけで行っといで」

舞はフフフと忍び笑いをもらした。

「あたしも帰るわ」

「なんだい、おまえまで……ムリしなくたって……」

「そうじゃないの。ほんとはあたしも、いつ切り出そうかって考えてたとこ。昨夜羽目をはずしたら、胸の痞《つか》えがすーっと下りたみたいで……そしたら急に……。お父っつぁんのことも心配だけど、あたしは……」

「……ご亭主が恋しいんだろ」

「おっ母さんだってそうでしょ。あんな亭主でも心配でたまらない。あたしもそう。浪人だし、素寒貧《すかんぴん》だし、奇人だし、玉の輿とはどう見たって言えないけど……」

「亭主の好きな赤烏帽子《あかえぼし》っていうからね」

黒が普通の烏帽子も亭主が赤がよいと言うなら赤、夫唱婦随である。

「あ、だけどお栄さんは……」

二人は同時にお栄を見た。引き返すのはいやだとごねるに決まっている。

「お栄さん。もし、独りでも行くと言うんなら路銀を……」

「帰る」

案に相違して即座に答えが返ってきた。そういえば川越人足《かわごし》に肩車をされて安倍川を渡るときお栄は失神寸前だった。旅籠の女中から大井川は安倍川の比ではないと聞かされて、お栄の顔が蒼《あお》ざめたように見えたから、お栄はお栄で川越しの恐ろしさに気もそぞろだったのかもしれない。顔に似合わず、お栄は臆病者である。

話はまとまった。

「松吉さん。そういうわけなので」

酒乱も酒乱、昨夜の醜態を松吉はどの程度覚えているのか。いずれにしてもすべてを忘れているわけではないようで、松吉は朝から身をちぢめ、神妙な顔をしている。

「へいッ。承知いたしました」

松吉も、ようやくこれでいつもの松吉に戻ったようだ。戻ったついでに「あのう……」と先をつづける。

「昨夜の、ちょいとその、あの醜態はお恥ずかしいかぎりにございますが、ひとつ、今になって、ええと、思いついたことがございまして……へい」

「そんなに恐縮しなくても……遠慮無う言ってごらん」

「へい。皆さまがたが府中へお戻りになると仰せでしたら、こいつはお耳に入れておいた方がよろしいか、と……」

「だから、いったい、なんですか」

「先生になりすましていた、あのとんでもない爺《じい》さんのことでございます。どっかで見たような、と、道々ずっと考えておりました」

やっと思い出したという松吉に、舞もえつも息を呑む。

松吉の話に、二人は驚きの声をもらした。

「お父っつぁんの……お父っつぁんの実家の墓所に、あのお爺さんが香華《こうげ》をたむけていたというんですか」

「へい。若旦那さまが上方からおいでになりましたので、何度か墓参のお供をいたしました。いつだったか忘れちまいましたが、あの爺さんが、墓石の前にしゃがみこんで合掌を……」

市次郎たちが近づいてくるのに気づくや、あわてて立ち去ってしまったという。

一九の実家の重田家は、駿府町奉行配下の六十人組同心の一員で、れっきとした武士である。ただし実家といっても、重田家の当主は一九の実の父親ではない。さる旗本の胤《たね》を宿した母こうを重田家が譲り受けたというのが真相だ。そのため、こうが死去したとき十一歳だった一九は、江戸の旗本屋敷へいったんは引きとられている。

母の身分の低さもあったのか、旗本家に一九の居場所はなかった。やがて駿府へ戻って、重田家の家督を継いだ。が、そこも居心地がわるかったのか、一九はほどなく養父の実子である異父弟に家督をゆずって、大坂へ出奔《しゅっぽん》してしまった。江戸へ出て戯作者として名を揚げるまでの一九は、複雑な生い立ちを背負い、自身の居場所を求めて、大坂や江戸を流浪していたのである。

重田家の菩提寺《ぼだいじ》は、研屋町《とぎやちょう》の医王山顕光院《いおうざんけんこういん》だった。母のこうも今は、養父をはじめとする重田家の一族が眠る墓に葬られている。

府中へ移ってきた市次郎が真っ先に重田家の墓所に詣でたのは、父の生い立ちを、父自身からか、それとも他のだれかからか、教えられていたのだろう。亡き重田こうは市次郎の祖母に当たる。

そしてそう、当然ながら、府中へ来てからのこの半月余り、一九も顕光院へ足しげく墓参に出かけていた。

「偽一九は重田家とかかわりがある、ということですね」

舞とえつは顔を見合わせる。

「よかったじゃないか。府中へ帰れば、偽者の正体がわかるかもしれないよ」

「そうね。まずはお寺に訊《たず》ねてみるわ」

はっきりしたことがわかるまでは、一九の耳には入れない方がよいだろう。一九は逆上するとなにをしでかすかわからない。とりわけ偽一九には怒り心頭だから、殴り込みでもしたら大騒動になりかねない。

舞はお栄と松吉にも口止めをした。

「さァ、帰ろうよ」

えつの声は心なしかはずんでいる。

「とんだお伊勢参りだったわね。おっ母さんの夢が消えちゃった」

「そんなことはありませんよ。お伊勢参りはお父さんのためにしたかったのさ。だけどそれより、あたしがついてた方がご利益《りやく》がありそうだってわかったから……」

「フフフ、ご馳走さま。ええとあれれ、お栄さんてば、なにしてるの？　行くわよッ」

「フン」

道端からよいしょと腰を上げたのは、ミミズでも眺めていたのか。

女三人と松吉の一行は、元気に府中宿へ帰って行った。

三

顕光院は駿府城の西南、城からもほど近い研屋町にある曹洞宗《そうとう》の寺で、四方を武家屋敷にかこまれている。重田家のある同心の組屋敷も目と鼻の先だ。

「お父っつぁん、子供のころは、境内で駆けまわって遊んでいたんでしょうね」

舞は寺門にたたずんで、感慨深げに境内を見まわした。

一九は十一歳まで重田家で育てられていたから、この寺がなじみの場所だったのはまちがいない。こうの葬儀では子供ながらも悲嘆に暮れ、その後は墓参にも訪れたはずだ。母の墓石に語りかけて寂しさを癒そうとしたことだって、あったかもしれない。もしかしたら、このときはまだ生い立ちの秘密を知らず、二歳下の異父弟、儀十《ぎじゅう》をこれからは自分が守ってやらなければと気負っていたのではないか。

「母親が――おいらたちの祖母《ばあ》ちゃんが――生きてたころの親父は、きっと幸せだったんだろうな」

市次郎は子供のころの父の姿を捜すかのように、視線をさまよわせている。

舞は旅から帰るや、兄に事情を話した。お伊勢参りに出かけたと思ったら翌日には帰ってきてしまったので、一九も尚武も、兄夫婦や店の者たちもけげんな顔だった。が、むろん、藤枝宿で偽一九と鉢合わせをしたことは、兄以外にはしゃべれない。状況がわかるまでは一九の耳に入れたくないからだ。

市次郎も大いに興味をそそられたようだった。二人は偽一九の正体を暴こうと、ようやくこの日、顕光院へやって来た。

「そうね。お父っつぁんは母親が恋しくてたまらなかった。それは確かよ。お父っつぁんがなぜ貞一《さだかつ》という名になったのか、それからほら、時々つかっているあの印の文字がなにを意味するか、ここへ来てようやくわかったわ」

一九の幼名は市九《いちく》、本名は――倅にも踏襲させている――市次郎、元服後の名は貞一という。一九はときおり「敬貞之印」という印を用いているが、母こうの墓に刻まれた戒名には貞の字がつかわれていた。

「おいらも府中へ来るまではなにも知らなかったんだ。親父はああいう人だから、戯作のことでは悩んでも、家族のことなんか、気にもかけていないんだろうと……。そうじゃなかった。親父は親父で、悩んだり苦しんだりしてきたんだな」

「だからこそ、あたしはあの爺さんが許せないの。武士の身分を捨てて、頼る者もなく、苦しい思いやひもじい思いに堪《た》えて、やっとのことで世に名が知れ渡った……そんなお父っつぁんになりすまして、先生先生ともてはやされていい気になってるなんて、ずるいわ、卑怯《ひきょう》だわ、あのとんずら野郎ッ」

激怒した一九は、肥溜《こえだ》めにぶち込んで、樽ごと川へ投げ込んでやるなどとわめいていたが、舞だって同じことをしてやりたいくらいだ。罪悪感のかけらもなく、悠然と飲み食いし、初対面の舞たちにそれまでのツケまで押しつけて消えてしまった白髪の老人を思い出すたびに、舞は腸《はらわた》が煮えくりかえる。

「おまえたちもずいぶん酔ってたんだろ。顔を見ただけでほんとにわかるのか」

「もちろんよ、となりで話してたんだもの」

「しかし、偽一九が、なぜ重田家の墓所に参るんだろう」

「うしろめたくなって罪滅ぼし……なんてことはないわね。平気な顔をしてたもの」

「十返舎一九が重田貞一だと知る人は少ない。ましてや、この寺に一九ゆかりの墓があると知る者は……身内か近しい縁者くらいだと思うが……」

市次郎は首をかしげている。

「ともあれ、ご住職に訊いてみましょ。何度かお参りに来てるとしたら、心当たりがあるはずだわ」

武家屋敷にかこまれた由緒ある寺なら、縁もゆかりもない者が入り込むことはめったにない。市次郎は見ていないというが、松吉が覚えていたくらいだから、寺のだれかがきっと見かけているはずである。

二人は重田家の墓所へ香華を供えたあと、庫裏《くり》へ向かった。手入れの行きとどいた墓所のまわりにも、塵《ちり》ひとつなく掃き清められた境内のそこここにも、撫子《なでしこ》や露草が咲き乱れている。つくつく法師《ぼうし》の声が姦《かしま》しい。

市次郎は府中へ移ってすぐ、寺へ挨拶に来たという。以来、住職とは懇意にしていた。となれば話は早い。しばらく待っていると、勤行《ごんぎょう》を終えた住職が戻ってきた。

「白髪のご老人……ふむ、それなら、弥勒《みろく》の幾五郎《いくごろう》でしょう」

住職は代替わりをしているので詳しい事情は知らないというが、幾五郎は浪人者で、重田家の先代とつきあいがあったとか。年に何回か、墓参をしているという。

「弥勒町のはずれの小家《こいえ》に、娘の家族と住んでおるはずです」

川越人足をしていた娘婿が仕事中の怪我がもとで死んでしまい、今はささやかな畑と手内職で糊口《ここう》をしのいでいる。幾五郎は若いころ江戸にいたこともあるそうで、近隣の子供たちに読み書きを教えてやっていたこともあったとか。が、どこもかつかつの暮らしなので束脩《そくしゅう》や謝儀が払えない。そんなことをしている余裕もなくなり、老体に鞭打って自ら鍬《くわ》をつかい、傘張りをして、家計を助けているらしい。

「なにぶん昔のことゆえ、重田家で訊ねても、幾五郎と先代のかかわりを知る者などおるかどうか……」

舞と市次郎は顔を見合わせた。

幾五郎が偽一九だとして、なぜそんな悪行《あくぎょう》を重ねているのか。あのひょうひょうとした雰囲気からは、鍬をふるう姿も傘張りをする姿も想像がつかない。

「あとは本人に説明してもらう他はなさそうね」

「上手くゆくかどうか」

「ゆかせてみせるわ、なんとしても」

二人はその足で弥勒町まで行くことにした。

安倍川は府中宿の西方を流れる大川で、北方の甲斐《かい》の山から南方の駿河湾へ流れ込んでいる。川の東岸、渡船場《とせんば》の手前が弥勒町である。

数日前に女三人で川越しをしたときと同じように、渡船場へつづく街道はざわついていた。とはいえ弥勒町は小さな町で、幾五郎の家を見つけるのは容易《たやす》かった。町はずれの川沿いにぽつんと建つ、洪水にでもなったら真っ先に押し流されてしまいそうな粗末な家である。

前庭――といっても門も塀もなかったが――で、三人の子供たちが地べたに足を投げ出し、莚《むしろ》の上にひろげた豆を選り分けていた。五つから十《とお》前後といった歳格好の子供たちで、莢《さや》から出す者と選る者に分かれて黙々と働いている。かたわらでは母親らしき女が大根を縄で結んでいた。皆、つぎはぎだらけの着物を着て、痩せこけた顔も手足も元の色がわからないほど日に焼けている。

「あのう……すみません」

舞が声をかけると、女がとげとげしい目を向けてきた。

「忙しいんだから、道なら、となりで訊いとくれ」

今度は市次郎が進み出る。

「こちらは幾五郎さんのお宅ですね。幾五郎さんに用事があって参りました」

女は「またかい」とつぶやいて、家の方へあごをしゃくった。

陽光あふれる戸外にいるので薄暗い家の中のようすまでは気づかなかったが、庭に面した板間の端近くにあぐらをかいて、老人が十代の半ばと見える少年と傘張りをしていた。そのすぐうしろの寝床には老婆が寝ていた。老人の女房は病か。

確かに、あの老人だった。藤枝宿で会ったときよりさらにみすぼらしいいでたちで、白髪がそそけだっているものの、顔立ちも体つきも見まちがえようがない。

「お父《とう》。また客ずら。どこほっつき歩いてたんだか知らんけど、ようもまァ、こんなとこまで客が来るもんだ」

女のすさんだ物言いに、怒りをぶちまけるつもりでいた舞と市次郎は出鼻をくじかれた。と、さらに追い打ちをかけるように、老婆が苦しそうに咳込んだ。傘張りを手伝っていた少年が老婆のところへ這いよって背中をさする。

幾五郎は、と言えば、幽霊でも見るように舞の顔を眺めていた。それはそうだろう。藤枝宿で偶然出会った女づれの一行は、なんの苦労もなさそうに酔っぱらってはしゃいでいた。銭もありそうだし、これならカモにしてもいいだろうとほくそえんだにちがいない。そんな行きずりの――お伊勢参りに行くと言っていたはずの

——一行の一人が、なぜここにいるのか。どうやって自分の居所を探し当てたのか。幾五郎が目が飛び出るほどに仰天するのも当然である。

本来なら、舞は駆けよって頭ごなしに怒鳴りつけるはずだった。なぜ一九のフリをしたのかその訳を問いただし、二度としないと確約させるつもりだった。だが、ここには子供や病人がいる。家族はなにも知らないようだ。となれば、それはあまりに酷というものだろう。

しかも今、幾五郎は必死の形相《ぎょうそう》で、憐《あわ》れみをこうように手を合わせていた。

「兄さん……」

「ああ。幾五郎さん、少し話ができますか」

市次郎は女を見る。

女は口をへの字に曲げた。

「用事があるんならしかたないやね。けど、手早くしとくれよ。昨日みたいに長々と話し込まれちゃ、商いがとどこおる。遊んでるヒマはないんだから」

女にガミガミ言われても、幾五郎は言い返そうとしなかった。逃げ出すわけにもいかないので観念したのか、腰を上げ、下駄を履いて二人のところまでやって来た。腰を折って深々と辞儀をする。

二人は聞き耳を立てている女に聞こえないよう、幾五郎を河岸《かし》へ誘った。それでも幾五郎はちらちらとうしろをうかがって、女の耳を警戒している。

「どうしてあんなことをしたのですか」

舞は開口一番、問いただした。

「申し訳もねえこって……」

幾五郎は今一度、頭を下げた。飲み食いの銭を返せと言ったところで、これではビタ一文返せないのは一目瞭然。

「銭を返せとは言いません。でも、訳は話してもらいますよ」

「へい。ご覧のような有様で、息がつまるとつい、その、居たたまれなくなるんでございます」

その気持ちは舞にも理解できた。気晴らしに旅に出たいと思っても路銀がない。で、思いついた苦肉の策が著名人の名を騙《かた》ることだった……ということならば。

「娘さんは、あなたがどこでなにをしているか、知らないのですか」

「昔の知り合いに頼まれて子供らに読み書きを教えていると……。猫の手も借りたいときにと叱られはしますが、そのぶん口減らしにもなりますし、なにかしら土産をもって帰れることもありますから……」

幾五郎は束の間、過酷な現実から逃れる。腹を立てはしても、娘も父の身勝手を容認している。日ごろ虐《しいた》げていることへの罪滅ぼしとでも思い、なにをしているか薄々感じ危ぶみながらも目をつぶっているのかもしれない。

「なぜ、十返舎一九のフリをするのだ？」

今度は市次郎が訊ねた。

「へい。このあたりでは知らぬ者のない大人気の、膝栗毛の話をすればそれだけで皆がよろこびます。何度となく読んで、自分でも丸覚えをしておりますんで……」

一九が聞いたら泣いてよろこびそうな返答である。

舞も市次郎も表情を和らげた。が、もうひとつ、訊いておかなければならないことがあった。

「重田家の墓所に香華をたむけていたそうですね。重田家が一九の実家と知ってのことですか」

「一九や重田家と、どういうかかわりがあるのだ？」

幾五郎は一瞬、息を呑んだ。目を白黒させているのは、痛いところを衝《つ》かれて狼狽しているのだろう。空咳《からせき》をしてごまかそうとしたときだ。

「お父ーッ。いつまで話してるんだーッ」

女の呼び声がした。

幾五郎はこれ幸いとばかりに、辞儀をして足早に帰って行こうとする。

「あ、待って。もうひとつだけ」

舞は呼び止めた。

「昨日もだれかが訪ねて来たそうですね。話し込んでいたと娘さんが……。もしや、一九や重田家にかかわるお人ではありませんか」

娘が知らなくて幾五郎だけが知っている人なら、幾五郎の重田家とのかかわりについても知っているかもしれない。舞は藁《わら》にもすがる思いで訊ねたのだが――。

幾五郎の答えは予想外のものだった。

「確か、ええと、今井尚武さまとおっしゃいました」

四

「ちょっと、どういうことなのッ」

舞は川辺村の駿河屋の別宅へ帰るなり、尚武に食ってかかった。

「なんのことだ？」

尚武はきょとんとしている。

「弥勒町の幾五郎という人に会いに行ったでしょ。どうして黙っていたの？」

「なんだ、おまえも知っておったのか」

「知っておったのかって……わからないから兄さんとお寺へ行って、それでようやく居所をつき止めたんじゃないの。知ってるなら知ってると……」

「しかし、おまえたちはお伊勢参りから帰ったばかりだし、それならおれ独りで事情を探ってやろうと……」

「大事なことなんだから、出かける前に教えてくれればよかったんだわ。あいつのせいであんな目にあったんだから。ほんとよ、とんだ散財で……」

まァまァまァまァと尚武は舞を鎮めた。

「急を要することではなかったしの。いずれにしろ、どうされたいか、先生のお気持ちをうかごうてからに、と思うていたのだ」

「お父っつぁんの気持ち……お父っつぁんなら怒り心頭……」

言いかけて舞は首をかしげた。どうも話が嚙み合わない。

「偽一九のことじゃないの？」

「偽一九？　それとどういう……」

よくよく聞いてみると、尚武が幾五郎に会いに行ったのは、幾五郎が一九に化けて宿場で無銭飲食をくりかえしていると知ったからではなかった。尚武は幾五郎が偽一九であるとは知らない。では、なぜ会いに行ったのか。

府中へ来てから一九の様子がおかしいと尚武は感じた。なにか気にかかることがあるように見えた。ひそかに観察をしていると、ときおりこっそり出かけてゆく。尚武はあとを尾《つ》けた。

「お父っつぁんが、弥勒町の爺さんの家を訪ねた、というのッ」

舞は目をみはる。

「いや、そうではない。二度三度、近くまで行ったが訪ねはしなかった。物陰に隠れて、じっと家を見つめていただけだ」

それがかえって不自然に思えた。いったいあの家になにがあるのか。

尚武は府中宿で生まれ育っている。亡き父は一九と懇意にしていたから、一九の生い立ちについてもあらかたのことは聞いていた。尚武は昔なじみの知人を訪ね、様々に聞き歩いて、一九と幾五郎の因縁を探り出した。

「え、なんですってッ。幾五郎さんは世が世なら重田家の……」

「さよう。先生のご養父、重田幾八《いくはち》のお子だった。というても、縁切りになったゆえ、ほとんど世間には知られておらぬそうだ」

「でもどうして……」

「母の身分が低かったため披露目をしておらなんだこともあったが、お旗本のお子を孕んでいる女を正妻に迎えることになったのだ。妻子がおってはまずかろう」

「そんな……。お父っつぁんはそのことを知っていたのね」

「いつ知ったかはともかく、自分の母親のせいで幾五郎母子が縁切りになったとわかってからは、うしろめたさを感じていたにちがいない」

「お祖母さまのせいではありませんよ」

「せいではないが、結果的にはそうなってしまった」

一九の母こうは、江戸から赴任してきた旗本に見初《みそ》められて一九をみごもった。が、旗本は任期を終えて江戸へ帰らねばならず、身分の差もあって、こうを連れ帰るわけにはいかなかった。そこで、こうは町奉行所の同心だった重田幾八に下賜《かし》された。重田家としては、当然ながら、ありがたく拝領したはずである。幾八にはまだ正妻がいなかったから、ちょうどよいと思われたのか。だが正妻はいなかったが、幾八には側妾《そばめ》がいて、幾五郎という子を産んでいた。こうを迎えるにあたって、重田家では側妾に因果を含めて暇を出したという。

「そんな酷い……。幾五郎さんもそのお母さまもお気の毒です」

「気の毒だが、武家ではようあることだ。そうした事情があったゆえ、先生はおまえを旗本家へだけはやりたくないと思われたのだろう」

尚武と夫婦になる前のことだが、舞はさる旗本に見初められて側妾にと所望された。玉の輿だったのに、一九はすげなく断っている。

舞はため息をついた。

「お父っつぁんは、幾五郎さんがどうしているか気になって、それで様子を見に行ったのね」

「見には行ったが、声はかけられなかった」

「ええ。でももし幾五郎さんが偽一九だとわかったら……」

待て待て待てと、尚武は眉をひそめる。

「さっきから偽一九、偽一九と言《ゆ》うておるが、つまりそれは、あの爺さんが先生の真似をして街道を荒らしておったということか」

舞がうなずくと、尚武はうーむと唸《うな》ってしまった。

一九は、なんとしても偽一九を見つけだして仕返しをすると息巻いている。それまでは江戸へ帰らないだろう。だったら幾五郎が偽一九だと教えてやればよい。

けれど——。

それを知ったら、一九はどうするのか。はからずも自分が人生を狂わせてしまった男と、自分の名を騙って街道を荒《あら》し歩いている男が、同一人物だと教えられたら……。

「あたしたちがあれこれ言うよりも、二人を会わせてしまう方がいいんじゃないかしら」

「殴り合いの喧嘩になるやもしれんぞ」

「だとしても、お互いにわだかまりを残さないためにも、二人で話をするべきだと思うわ。この機会を逃したら、おそらくこの世ではもう二度と会えないんだもの」

舞の言うとおり。たとえ喧嘩になったとしても、それはそれで今生《こんじょう》の思い出になるにちがいない。尚武も同意した。

「しかし問題は、どこでどうやって会わせるか、だな」

相手の名を出せば、どちらも尻込みしそうだ。

「せっかくですもの、なにか愉快な趣向を考えましょう」

「趣向?」

「ええ。お父っつぁんにとっても幾五郎さんにとってもとびきりの思い出になるように。駿府へ来た甲斐があったと、お父っつぁんに心底思ってもらいたいもの」

「そんなことができようか」

尚武は首をかしげる。

「できるわ。これぞという趣向を、たった今、思いついた」

舞は思わせぶりにフフフと笑った。

「となれば早速とりかかってもらわなけりゃ。それからお栄さんの助けもいるし、もちろん兄さんに……駿河屋さんにも手助けを頼まないと」

五

「ヤダね」

と言いながら、舞はお栄の手元を覗《のぞ》き込んだ。

お栄は駿河までの道で描き留めた風景を手元の紙に描き写している。奇人のお栄が万人向けの風景画を描くのは珍しい。

「どうせ言われると思ったから、かわりに言っといた」

「フン」

「なんのことか、訊かないの？」

「なんのことだ？」

「言っておくわよ。ヤダね、はナシだからね」

「フン」

鼻を鳴らしながらもお栄は筆を止め、興味津々といった目を向けてくる。

舞はしてやったりとほくそ笑んだ。

「絵を、描いてほしいの」

「なんの絵だ、蛙《かえる》かミミズか」

「膝栗毛の絵。あ、いえ、馬の絵じゃなくて、お父っつぁんの『東海道中膝栗毛』に出てくる弥次《やじ》さん喜多《きた》さんの顔とか、駕籠とか、旅籠とか、それから、いま描いてるような街道の景色とか……」

「フン。できるまで待ちな。ひとつくらい、くれてやる」

「だめだめ、急いでるんだから」

「ヤ……ヤなこった。おれは忙しい」

「そうは見えないわね。とにかくお栄さん、ここがだれの家か、だれが路銀を出してるか、忘れないでね。帰りは富士川を独りで勝手に渡る、ってんなら、もう頼まないけど」

最後のひとことでお栄は降参した。舞は手筈を話して聞かせる。

「そんなこと……上手くゆくのか」

「ゆくわよ、お栄さんが描いてくれれば」

「けど、どこをどう描くんだか……」

「それは今、ウチの人が考えてるとこ。出来上がったら、その場面に合わせて描いてもらうわ。いいこと、これは老い先短いお父っつぁんのためなんだから」

一九にとって、おそらく最後になるであろう郷里への旅である。心残りがないようにと願う娘の気持ちは、同じく奇人の父を持つお栄にもわかるにちがいない。

「どう、お栄さん？」

「わかったわかった、描いてやるよ」

舞はほっと安堵の息をついた。


尚武とお栄は準備に怠りない。その間に、舞は兄を説き伏せ、自ら駿河屋の当主に掛け合って援助の約束をとりつけた。

「ほほう、そいつは愉快愉快。一九先生のためとあらば、駿河屋をあげて応援させていただきましょう」

江戸っ子とちがって駿河人はおっとりしている。市次郎の舅は太っ腹でもあった。

こすっからい森屋治兵衛《もりやじへえ》とは大違いだわ——。

舞は江戸日本橋は通油町《とおりあぶらちょう》の書肆《しょし》、錦森堂《きんしんどう》の親父の、如才ない見かけとは裏腹にひと癖もふた癖もある福々しい顔を思い浮かべた。もっとも治兵衛と一九はどっちもどっち。治兵衛と舞との借金がらみの攻防も日常茶飯事で、それがない駿府での暮らしはむしろ物足りないような気さえしている。

「さてと、これからが正念場だわ」

舞は丹田《たんでん》に力を入れた。市次郎に用立ててもらった一分金《いちぶきん》を丁寧に半紙につつんでふところに忍ばせ、弥勒町の幾五郎の家へ向かう。

この日、幾五郎の娘は、洗い張りで忙しそうだった。子供たちも幾五郎の傘張りを手伝ったり紙縒《こよ》りをつくったりとそれぞれ手内職に勤《いそ》しんでいる。

舞の顔を見ると、幾五郎の娘は露骨に迷惑そうな顔をした。

「いいかげんにしとくれ。こちとら、あんたらみたいな暇人じゃないんだ」

「すみません。でも、今日はこれを……」

銭で人を手なずけるようなことはしたくなかったが、相手が相手である。舞はすかさずふところから取り出した紙包みを開いて、女の鼻先へ突き出した。娘は一瞬、目を光らせ、それからさっと顔をそむける。

「馬鹿におしじゃないよ、施しなんて……」

「そうじゃないんです。幾五郎さんに仕事をお願いしたくて」

幾五郎に直接言うより娘に言った方が早い。舞はそう考えた。

「お忙しいのはわかっています。一日、いえ、半日お借りできれば、と」

娘はようやく手を休め、日に焼けてしみだらけになった顔を舞に向けた。ものほしげにちらちらと舞の手の中の一分金を見ている。

「役立たずの爺《じじい》に半日でこんなに出そうってのは……わかった、あんた、盗賊の使いずら」

「そうではありません。幾五郎さんでなければできないことがあるからです」

舞が事情を話すと、娘はあきれたように幾五郎を見た。幾五郎は傘張りをしながら、さっきから不安そうな顔でこちらを眺めている。舞が娘に、偽一九の一件を話してしまうのではないかと心配でたまらないのだろう。

「へええ、愚にもつかぬことをしてると思ったけど、ほんとに子供らに滑稽本《こっけいぼん》を聴かせてやってたのかい。たまには役に立つこともあるんだねえ」

「ええ、困り果てたとき、思い出したんです。幾五郎さんなら『東海道中膝栗毛』を隅から隅まで覚えてるんじゃないかって。どうでしょう、お借りできませんか」

「駿河屋さんと言ったね」

「そうです。駿河屋のご当主も、あの、人宿町の駿河屋さんずらね」

「では、幾五郎さんには娘さんから話して下さい。このご恩は忘れないと……」

どうぞと言うと、娘は舞の手のひらの上の銭をひったくった。お礼の土産もご用意していますから、きっと、必ず、寄越して下さいね」

「むろん首に縄をつけてでも。そうさ、槍が降ったって行かせるよ」

駿河屋さんによろしくと言ったとき、娘ははじめて笑みらしきものを見せた。

細工は流々《りゆうりゆう》、仕上げをご覧《ろう》じろ――。

舞は意気揚々と帰ってゆく。


こちらは遙かに面倒だった。一九は天邪鬼《あまのじやく》である。

舞はその夕、徳利を抱えて父のかたわらに座った。酒を呑ませたくないのはやまやまだったが、背に腹は代えられない。素面でも泥酔でも手がつけられない厄介な一九とあれば、ちびりちびり呑ませてほろ酔いくらいにしたところで核心に入るのが一番だ。

「まあね、大切なお父っつぁんの戯作だもの、いくらみんながやいのやいの言ったからって、下手な者に演じられたくないわよね。いっそ中止になってよかったわ」

案の定、一九は聞き耳を立てた。

「わしの戯作が、どうしたって？」

酔い加減のいかんにかかわらず、戯作という言葉だけは聞き逃さない。そこは名だたる戯作者の面目躍如である。

舞は父の盃に少なめに酒を注いでやった。

「あら、お父っつぁんに言わなかったかしら。お父っつぁんが来てるっていうんで、ひと目見ようと、駿河屋さんじゃ押すな押すなの大盛況なんですって。で、この機会に『東海道中膝栗毛』をまだ読んでいない人たちにも広めようっていうんでね、ほんのさわりだけを芝居仕立てにして、皆さんにお見せしようってことになってたの」

「わしは知らんぞ」

「そんなはずないわ。酔ってるときに聞いて忘れちゃったんじゃないの」

舞はもう一献、おしるし程度に酒を注いでやった。

もうすっかり準備がととのって、弥次郎兵衛《やじろべえ》と喜多八《きたはち》を演ずる役者もそろった。愉しみにして遠方からやって来る人々も大勢いるという。ところが——。

明日の本番をひかえて、弥次郎兵衛役の役者が風邪をひき、声が出なくなってしまった。駿河屋は明日、泣く泣く詫びを述べて、粗品のひとつも持たせて皆を帰すことにしたという。

一九は舌の先でくちびるを舐《な》め、考え込んでいる。

「代役はおらぬのか」

「ムリムリ。だって膝栗毛をちゃんと覚えてる人でなけりゃ、つとまらないもの」

「ふむ、芝居か……」

「お父っつぁんの名がますます世に広まる好機だったのにねえ。駿河屋さんじゃ、皆がっかりしてるみたいよ」

「世に広まる……ふむふむ、あれはもうだいぶ経っておるからのう」

一九は盃を突き出した。舞はちょぼっと注いでやる。それを一気に——といっても舐めるほどしかなかったが——呑み干して、一九は大きくうなずいた。

「しかたがない。わしがやろう」

「なんですってッ。とんでもないッ」

「とんでもないだと？　わしの戯作だぞ。わしがやってなにがわるい？」

「できっこないわ、お父っつぁんには」

「馬鹿にするな。自分で書いた台詞《せりふ》を言えなくてどうする？」

「ムリムリムリムリムリ。恥をかくだけよ。みっともないから絶対にだめ」

「うるさいッ。おまえの指図はうけん」

一九は舞の手から徳利を奪い取って、盃になみなみと注いだ。興奮しているので手元が狂って畳にこぼし、あわてて身をかがめて舐める。いじましい姿ではあったが、それを見て舞は少しだけほろりとした。

一九は――父は、老いて中風病みになった今も、まだあきらめてはいないのだ。こぼれた酒を舐めるように、戯作者としての名声にしがみついている。そして、一九がこんな体で故郷へたどりつけたのも、いじましいほどの生への執着があるからに他ならない。

一九は生きている。そう。まだ、一九であることをあきらめてはいない。

「やるぞッ。弥次郎兵衛になるぞッ」

「だめよ、お父っつぁん、身のほどをわきまえなきゃ」

「どけどけ。おまえなんぞにじゃまはさせん。尚武はどこだ？」

「やめて。あたしは断固、阻止するわよ」

「尚武ーッ。どこだーッ。早《はよ》う来い。この馬鹿娘を追い払えッ」

たぶん……と、舞は思った。自分が反対すればするほど、一九はムキになって弥次郎兵衛を演じようとするだろう。であるなら、ぎりぎりまで反対しなければならない。

それにしても、われながら名案だった。

一九と幾五郎――弥次郎兵衛と喜多八。

長い人生の旅路を、ばらばらに、でも胸のどこかでは互いの存在を感じながら歩んできた二人は、果たして明日、書き割りの景色の前ではあっても共に旅をすることができるのだろうか。

「さァさァ、座って座って。そこのお婆《ばあ》さま、すみませんが、もそっと右へ。はいはいはい、皆さん、詰めて詰めて」

松吉が観客を誘導している。

人宿町の駿河屋の離れに設《しつら》えられた一日限りの芝居小屋は、役者の知名度はともあれ土産がもらえるというので押すな押すなの大盛況だった。以前、祝言《しゅうげん》のときに江戸にきた尚武の縁者たちも顔をそろえている。

舞台は奥行きこそさほどないものの、畳を横に三枚並べたほどの幅があった。どこから借りてきたのか、浅葱幕《あさぎまく》が下がっている。そのうしろにはお栄が描いた富士山や小川、松の木の絵がぺたぺたと貼られた街道の一場が用意されていた。

弥次郎兵衛と喜多八は上手《かみて》と下手《しもて》に分かれて出番を待っている。稽古ナシ、顔合わせもナシのぶっつけ本番、しかもそれぞれが色黒馬面《うまづら》と剽軽《ひょうきん》な丸顔というお栄が描いたお面をすっぽりかぶっているから、相手役の正体をまだ知らない。

「大丈夫かしら。なんだか心配になってきたわ」

「なんだい、言い出しっぺが気弱なことを言うんじゃないよ」

「けどおっ母さん、舞台で取っ組み合いにでもなったら……」

「危ういとあらば、おれが即刻止めに入るゆえ案ずるな。それより、ちゃんと台詞を言えるのか。脇役も脇役だしのう……」

舞台の袖で、尚武はひとかたまりになって不安そうな顔を見合わせている脇役たちを眺めまわした。旅籠の親父や駕籠かきや護摩《ごま》の灰《はい》や……諸々《もろもろ》の役を早変わりで演ずる自分はともあれ、茶屋の婆さんと旅籠の女中、どちらがどちらをやるかでさんざんもめたえつとお栄は、いずれも舞い上がっていて、たったひとつの台詞でさえ難儀しそうだ。二人に断固拒否されたので、舞はしぶしぶながら頭の弱い旅籠の娘をやることになった。が、喜多八に言いよられてもあらぬ方を見てにこにこ笑っているだけのこの役はともあれ、素人役者の采配から小道具や話の筋を墨書きした立て看板の出し入れまでがすべて舞の役割という大忙しである。

「なァ、まだかよォ」

浅葱幕のかたわらに座った丈吉が、じれったそうに目を向けた。

「よし、行くか」

「ええ、行きましょう。お父っつぁん、いいわね」

一九が「おう」と答えたので、舞は反対の袖にいる市次郎に合図をした。

丈吉が拍子木を床に打ちつける。本来なら柝《き》は作者の役目だが、一九は主役なので、ここは丈吉が代役をつとめることになったのだ。

「丈吉ちゃん、ソレッ」

上手と下手の両側から尚武と市次郎が幕を引っぱった。バサッと落ちた幕が丈吉を呑み込んだ。幕の下で七転八倒する子供に観客は大笑い。尚武が飛び出して幕ごと丈吉を抱き上げ、脇へ引き込む。と、出囃子《でばやし》のかわりに松吉がトントンと太鼓を叩き、両側からお面をかぶった弥次郎兵衛と喜多八が登場した。

〈喜多さん、どこへ行っとった。おれを見捨てて、ずらかったのかと心配した〉

〈金もないのに荷物まで置いて、ずらかろうったって、ずらかりようがねえや。おれは飯を食ってきた。腹いっぱい食ってきた〉

〈喜多八、おまえはおれに隠して銭を持っとったのか〉

〈なんの、無料《ただ》でよ〉

〈自分一人でいい目をみないでいっしょに連れてってくれればいいのに。酷い野郎だ〉

〈弥次さんにはちゃんと土産を持ってきたよ〉

喜多八は手拭につつんだ飯を出す。と、弥次郎兵衛《へど》はがつがつ食べる。

〈喜多八、この手拭でキンタマ拭いたろう。汚くて反吐が出るわ〉

〈それにしては、きれいに食べたじゃねえか〉

二人は大笑い。

二人の仕草がなんとも滑稽で、観客も大笑い。

すっぽんに食いつかれる話や護摩の灰に銭を盗まれる話や弥次郎兵衛が侍の真似をする話など、弥次郎兵衛・喜多八の台詞はそのままに滑稽な場面をつなげた尚武の台本はなかなかの出来栄えで、えつやお栄の拙《つたな》さもご愛嬌。腹を抱えて笑う観客に舞も尚武もほっと安堵の息をついた。

最後は狐の話である。狐が喜多八に化けていると勘違いして、弥次郎兵衛が喜多八にあれやこれやと突っかかる。最後の最後、弥次郎兵衛は喜多八に殴りかかった。と、運わるく喜多八のお面がはずれた。本来なら誤解が解けて大笑い、抱き合って終わるところが、一九は幽霊でも見たように立ちすくんでいる。

「はァい、ここから先は本を読んでのお愉しみィ」

「とざい東西、皆さま、本日はありがとうございました」

舞と尚武が気を利かせていち早く浅葱幕を引き、

「さァさァお帰りはこちら」

「はいはい、お土産でございますよ」

松吉と市次郎が土産を配って観客を追いだしてしまったからよかったものの、幕内はしばし一触即発の気配がたちこめた。

皆、息を詰めて二人を見守る。

「おめえはもしや……」

「そういうおめえこそ……」

殴り合いにも言い争いにもならなかったのは、その刹那《せつな》、澄み渡った柝の音《ね》がひびきわたったためである。

一同は驚いて音のした方を見た。

「ねえ、もういっぺん、弥次喜多道中がはじまるんだろ。早くやろうよ」

丈吉が、期待をこめて二人を見上げている。

舞は二人のもとへ駆け寄った。

「そ、そうよ。お父っつぁんも幾五郎さんも、ねえ、終わったお芝居は忘れて、これから二幕をはじめなきゃ」

一九は、ひとつ深呼吸をした。それからお面をかなぐり捨てた。

「よしッ。呑むぞッ。兄さん、呑もう」

「市次郎。わしは……」

「兄弟の十返舎一九がそろったんだ。おーい、じゃんじゃん酒、持ってこーい」

六

蟬の声はもう聞こえない。

紅葉にはまだ早いが、そこここで薄《すすき》が群れている。

「ずっとここにいりゃいいのに……」

顕光院の寺門をくぐったところで、市次郎がぼそりとつぶやいた。

「そうだけど……」

舞は雲ひとつない駿府の空を見上げる。

「江戸は厄介なことばかりだけど……けど、そろそろ帰らないと……」

踊りの弟子が待っている……というのは言い訳だ。なにもしないで呑気に暮らしているのに飽いたのなら、ここで踊りを教えることだってできるのだから。

「帰るんなら寒くならないうちじゃないとね。それでなくったってお父っつぁん、江戸へ帰りつけるかどうか心配だもの」

先日、俄《にわ》か芝居のあと、一九は浮かれ騒いだあげくぶっ倒れた。皆どうなることかと心配したが、思ったより回復は早かった。心の重荷が取り除かれたせいかもしれない。

「兄さんにも幾五郎さんにも会えて、お父っつぁんは駿府に思い残すことがなくなった。だから、帰った方がいいんだと思う」

言葉では上手く説明できない。が、だれもがそう思っているようで、だれからともなく江戸へ帰ろうという話になった。

「今度はおいらが江戸へ行くよ」

「兄さんが？」

「義弟が駿河屋の当主になったら、おいらは江戸へ出て、江戸にも駿河屋の支店を出そうと思ってる。そうすればお父っつぁんやおっ母さんの役にも立てる。ま、まだ先のことだが」

「なら、お父っつぁんには長生きしてもらわないと」

二人は重田家の墓の前へ来た。

香華がたむけてあった。まだそんなに時が経っていないようで、短くなった線香から糸のような煙が立ち昇っている。

「おや、幾五郎さんかしら」

「孫のことがよほどうれしかったんだろう」

あの芝居の日、幾五郎の供をしてきた孫がいた。傘張りをしていた年長の少年だ。駿河屋ではその少年を住み込みで奉公させることにした。幾五郎一家の暮らしを少しでも楽にしてやりたいという思いからだ。幾五郎はむろん、幾五郎の娘が小躍りしてよろこんだのは言うまでもない。

一九と幾五郎はこれまでのわだかまりを捨てて、あらためて義兄弟の契《ちぎ》りを結んだ。幾五郎が偽一九であったことを一九はどこまで知っているのか。少なくとも二人のあいだではもう、解決済みらしい。

「あーあ。なんだか、ここは夢の中みたいだ。お父っつぁんだって、別人みたいだし……」

この平安がいつまでもつづくとは、舞は思っていない。府中宿をあとにしたら、夢は覚めてしまうだろう。破天荒な一九、厚かましい尚武、身勝手なお栄……三人の奇人に加えて近ごろ酒乱気味のえつと、言うことを聞かない丈吉という一行を伴って江戸へ帰るのは、さぞや気骨《きぼね》が折れるにちがいない。江戸へ帰ったら帰ったで、またもや借金取りに追われる日々がはじまる。

「それでも帰ると言うんだから……ハハハ、物好きだな」

「フフフ、あたしも奇人だね」

奇人気まぐれきりきり舞い――。

兄と並んで墓に手を合わせ、舞はそっとおまじないを唱えた。

通りゃんせをされなくても、帰りは怖い。

丈吉が迷子になった、お栄が食い過ぎで腹をこわした、えつが深酒をして歩けなくなった、一九が例によって例のごとく酔っぱらって誰彼かまわず大盤振る舞い、止めに入った尚武までミイラ取りがミイラになって大騒ぎ……というくらいは覚悟の上。ところがそれがひんぱんに起こるだけでなく、一九は武士と喧嘩をはじめるし、お栄は寺の塀に絵を描いて叱られるし、丈吉は柿を盗んで追いかけられる。舞はそのたびに平身低頭、詫びの銭を払う。おまけに駕籠かきにも騙されて、とうとう素寒貧になってしまった。護摩の灰でさえ避けて通るほどの体《てい》たらくである。

「ああ、どうすればいいのよ」

ひとつふたつとなにかしら質屋へ入れては路銀をつくり、一行六人はやっとのことで振り出しの日本橋へ帰り着いた。

「もしや、家がなかったらどうしよう……」

こういうときはなんでもわるい方に考えるもので、舞の不安はふくらむ一方だ。

一九一家が住んでいたのは、通油町の朝日稲荷《あさひいなり》のとなり、地本《じほん》会所の敷地内にある借家だった。出立を見送りにきた森屋治兵衛はやけにうれしそうな顔をしていたから、これで体よく追い払ったつもりかもしれない。お情けで置いてやっていた一九一家のかわりにだれか他の借家人を入れれば、会所も多少はうるおう。

「みんな、いいこと、今夜は稲荷で野宿することになるかもしれないからね。だとしてもあたしに文句は言わないでよ。あたしだって、もう、へとへとなんだから」

だれ一人、文句を言う気力はなかった。

背中を丸め、足を引きずって、うらぶれた一行はぞろぞろと通油町へ向かう。

会所の門が見えてくる前に、いくつもの大声が聞こえてきた。

「おーい、おーい、達者かよーッ」

「一九先生ーッ。みんなーッ。お帰りーッ」

「よかったよかった。おい見ろ、先生はお元気だぞッ」

舞は足元に落としていた目を上げた。

門前に裏長屋の連中がずらりと並んで手を振っていた。

中でもまともななりをした一団は錦森堂の使用人たちか。ひときわ目立つ、派手派手しい格好の小太りの男は……森屋治兵衛だ。治兵衛はいつものように揉み手をしながら、福々しい顔をほころばせている。

長屋の子供たちが駆けてきた。呼応するように丈吉もぱっと駆け出す。一瞬前とは見違えるように明るい顔だ。

「舞。屋根の下で寝られそうだねえ」

「おれは腹へこへこ」

「うむ。旅は道連れ、世は情け」

えつ、お栄、尚武も口々に言いながら歩を進める。

お父っつぁん……と、舞は一九の痩せこけた体に抱きついた。

「帰ってきたんだね、あたしたち、わが家へ」

茜《あかね》色の入日が、駿河国のある西方のかなたへ今しも沈もうとしている。

「じゃまだ、どけッ。酒だ酒だッ」

一九はほんの一瞬、感きわまったように目を瞬《しばたた》いたものの、じゃけんに娘を押しのけ、その拍子に勢い余ってたたらを踏んだ。

解説

細谷正充《ほそやまさみつ》
（文芸評論家）

「きりきり舞い」を手元の辞書で引くと、①非常な勢いで回ること。せわしく立ち働くさまにいう。②相手のはやい動きについて行けず、うろたえて動くさま――と、書かれている。私はこれに、もうひとつの意味を付け加えたい。③諸田玲子の時代小説シリーズのタイトル――である。

ということで本書『旅は道づれ きりきり舞い』は、『きりきり舞い』『相も変わらず きりきり舞い』に続く、シリーズ第三弾だ。「小説宝石」二〇一七年一月号から一八年十一月号にかけて断続的に掲載された六篇が収録されている。単行本は二〇一九年五月に、光文社から刊行された。

シリーズの読者は先刻ご承知だろうが、物語の設定をおさらいしておこう。主人公の舞《まい》は、あの『東海道中膝栗毛』の作者・十返舎一九《じっぺんしゃいっく》の娘。評判の小町娘で、玉の輿を狙っていたが、なんだかんだあって一九の押しかけ弟子になった浪人の今井《いまい》尚武《しょうぶ》と夫婦になることが決まった。一九の落とし子らしい丈吉《じょうきち》は、尚武と共に養い親になって育てていく。

父親の一九は、普段はむっつりしているが、酒が入ると人を集めて大盤振る舞いをする困った奴。しかも中風になってからは、思うように執筆が進まず、荒れることが多い。一九を崇拝する尚武は抑止力にならないどころか、一緒になってはしゃいだりする。継母のえつは、悪い人ではないが、一九と喧嘩したり、大酒を飲んだりする。

また、葛飾北斎《かつしかほくさい》の娘で、舞の幼なじみの栄《えい》が居候になるのだが、彼女も問題児だ。自己中な性格で不愛想。そして絵を描くことしか考えていない。こんな奇人ばかりが集まった一家の中で、唯一の常識人である舞は、彼らの引き起こす騒動の尻ぬぐいをすることになるのだ。そんな彼女が唱えるおまじないが、「奇人、気まぐれ、きりきり舞い」なのである。まさに奇人の気まぐれによって、きりきり舞いをさせられるのが、彼女の日常なのだ。

冒頭の「おどろ木、桃の木」は、舞と尚武の祝言が迫る中、一九とえつが喧嘩をして、白無垢を墨まみれにしてしまう。怒り心頭の舞だが、だからといってどうにもならぬ。さらに、祝言を理由に江戸見物に来た、一九の故郷の駿河《するが》の人々が押し掛けてきた。一九の出版元「錦森堂《きんしんどう》」の主・森屋治兵衛《もりやじへえ》（常識人である）の協力を得ながら、大勢の世話をする舞。代わりの白無垢もなんとかなり、祝言を迎えようとするが、なぜか祝い客に誰も知らない人物が紛れ込んでいた。

多くの読者は、謎の人物の正体を××だろうと思うはずだ。というか、私はそう思った。しかし作者は、これをクルリと引っ繰り返す。鮮やかな反転に瞠目。そして人間をイメージで決めつけてはいけないと、教えてもらったのである。

続く「われ鍋にとじ蓋」は、元旦の一九の家（借家である）に、万歳《まんざい》がやってくる。ちなみに万歳は、太夫《たゆう》と才蔵《さいぞう》の二人組だ。しかしなぜか、才蔵ひとりしかいない。一九の発案で、尚武が太夫を務めることになる。そして才蔵の話を聞けば、相棒の太夫は女房が家に帰ってこないことから気落ちし、寝込んでいるとのこと。お人好しの舞は、太夫の暮らす長屋に行き、この一件に首を突っ込むのだった。

第三話「捨てる神あれば」は一九の家で、某旗本家に輿入れする予定の、都のやんごとなき姫君を、ひと月余り預かることになる。とんでもない宿泊客に、大慌ての舞だが、やって来た姫君は、丈吉と腕相撲をするような変わり者だった。一九一家の人気者になった姫君だが……。

「われ鍋にとじ蓋」の太夫とその女房。「捨てる神あれば」の姫君。ストーリーが進むと、「おどろ木、桃の木」の謎の人物と同じように、予想外の姿が現れる。このように人間を多面的に捉えているところが、本書のひとつの読みどころといえよう。もちろん一九一家も例外ではない。舞を、きりきり舞いさせる家族や栄も、時々、ひょいと違う顔を見せてくれる。その振り幅が人というものであり、登場人物の魅力になっているのだ。人間を読む楽しみが、本書には横溢しているのである。

第四話「坊主憎けりゃ」は、またもや一九が浴びるほど飲んで、大盤振る舞いをしてしまう。その結果できた借金が五十両。金を取り立てにきた男は、借金のカタに丈吉を連れていってしまった。慌てて丈吉を取り返そうとする舞。だが丈吉は、訳ありの老女の下で、自由気ままに暮らしていた。

本作も、老女の描き方に味がある。しかも、「坊主憎けりゃ袈裟《けさ》まで憎い」という諺《ことわざ》によって、老女の心情を巧みに表現しているのだ。そもそも本シリーズには、よく諺が登場する。たとえば「われ鍋にとじ蓋」の、

「なによ。お父っつぁんだけかと思ったら、おっ母さんまであたしを当てにしないでよ」

「されてるうちが華ですよ。親孝行、したいときに親はナシってね」
「勝手なことばかり。子の心、親知らずってほんとだわ」
「それを言うなら、親の心、子知らず」

のように、調子のいい会話の中に、諺が織り込まれているのだ。スタンダードな諺は、それだけで登場人物の心情や、場面の状況を説明することができる。だからこそ取り扱いが難しい。本当に、そのストーリーに相応《ふさわ》しい諺なのかを、常に考えなければならないからだ。この点を作者は、見事にクリアしている。「坊主憎けりゃ袈裟まで憎い」の使い方を見てほしい。老女の人生と、心の奥底にある気持ちが、強く伝わってくるのである。

そして第五話「旅は道づれ」と最終話「世は情け」では、一家総出（もちろん栄も）の駿河への旅が描かれる。一九の長男の市次郎《いちじろう》が、駿河の豪商の後ろ盾を得て、府中宿で本屋を開くという文が届く。その市次郎に招かれたのだ。『東海道中膝栗毛』の弥次喜多よろしく、一行は東海道を行く。「旅は道づれ」は、丈吉がすっぽんを探したことから、お蔭参りの二人の小童と同行したり、偽一九の噂を聞いたりと、相変わらずの騒動続き。さらに「世は情け」では、駿河に到着し、偽一九の意外な正体が明らかになる。

これ以上は詳しく書くわけにはいかないが、ここで『東海道中膝栗毛』が、思いもかけない形で使われるのだ。人気戯作者・十返舎一九の名作は、現代の優れた戯作者である諸田玲子によって、新たな息吹を吹き込まれた。感動的な展開に胸を熱くすると同時に、作者の素晴らしい小説技法を称賛せずにはいられない。

さて、各話の内容を見たところで、あらためて主人公の舞について触れておきたい。本書のラスト近くで彼女は〝江戸へ帰ったら帰ったで、またもや借金取りに追われる日々がはじまる〟と思っている。うん、その通り。舞の〝きりきり舞い〟は、これからも続いていくことだろう。だが、それこそが人生というものだ。

学校・会社・家庭……。人は生きているだけで、騒動を起こしたり、問題に巻き込まれたりするものだ。私は二十代の頃、年を取れば、それ相応の知恵や処世術が身につき、さまざまな騒動や問題がなくなると思っていた。だが四十代になって、大間違いだと気づいたのである。年を取り、知恵や処世術を身につけても、なくなることはない。若い頃とは形を変えて、なにがしかの騒動や問題は常に起こるものだ。ただ、昔に比べれば、その対処が上手くなったというだけのことである。きっと誰もが死ぬまで、大なり小なり騒動や問題と向き合い、きりきり舞いしながら生きていくのではなかろうか。

そういえば、先に触れたラスト近くで舞は、「フフフ、あたしも奇人だね」という。これは彼女が、きりきり舞いの人生を受け入れたことを表明しているのではないか。もともと家族や栄が好きな舞だから、そんな自分の人生を肯定することができた。苦労が多くったって、好きな人々と一緒に生きるのは楽しい。シリーズを通じて作者がいいたかったのは、このことだと思っているのである。

なお本シリーズは、ラジオドラマ化と舞台化されている。NHKのラジオドラマ「新日曜名作座」で、二〇一〇年七月から八月にかけて『きりきり舞い』が、一六年八月から十月にかけて『相も変わらず　きりきり舞い』が放送された。『相も変わらず　きりきり舞い』の文庫解説で、「新日曜名作座」の演出担当をした川口泰典氏が、詳しく書いているので、興味のある方はご覧いただきたい。

また、二〇一四年四月には明治座で、『きりきり舞い』の芝居が上演された。主役の舞は、田中麗奈が演じている。二〇二一年現在、明治座のホームページに、コメント動画や舞台ピックアップ動画がアップされているので、覗いてみたらどうだろうか。このように本シリーズが、ラジオドラマや芝居になっているのは、愉快な人物たちが騒動を巻き起こす賑やかな物語が、ドラマ向きだからであろう。できれば本書も、何らかの形でドラマ化してほしいものだ。

そして小説の方も、第四弾の『きりきり舞いのさようなら』が刊行された。泣いて笑って喧嘩して、だけどとても幸せな〝きりきり舞い〟を、堪能してもらいたい。

参考文献

「静岡の文化」42号　特集　十返舎一九の世界　静岡県文化財団
　「十返舎一九という人物」岡部雨彦
　「十返舎一九の奇行伝説」平野日出雄
　「十返舎一九と小田切土佐守」山内政三
「木村文庫」（木村豊次郎氏が蒐集された十返舎一九作品のコレクション・静岡市立中央図書館所蔵）
『池田みち子の東海道中膝栗毛』池田みち子　集英社
『十返舎一九研究』中山尚夫　おうふう
『笑いの戯作者　十返舎一九』棚橋正博　新典社
「滑稽作家　十返舎一九」飯塚采薇
「十返舎一九と東海道中膝栗毛」篠原旭

駿府十返舎一九研究会会長、及び静岡県歴史研究会会長の篠原旭氏には十返舎一九について多くのご教示をいただきました。謹んで御礼申し上げます。

（著者）

初出　小説宝石（光文社刊）
おどろ木、桃の木　二〇一七年一月号
われ鍋にとじ蓋　二〇一八年一月号
捨てる神あれば　二〇一七年五月号
坊主憎けりゃ　二〇一八年五月号
旅は道づれ　二〇一八年八月号
世は情け　二〇一八年十一月号

二〇一九年五月　光文社刊

光文社文庫

旅《たび》は道《みち》づれ　きりきり舞《ま》い

著　者　諸《もろ》　田《た》　玲《れい》　子《こ》

2022年1月20日　初版1刷発行

発行者　鈴　木　広　和
印　刷　萩　原　印　刷
製　本　ナショナル製本

発行所　株式会社　光　文　社
〒112-8011　東京都文京区音羽1-16-6
電話（03）5395-8149　編　集　部
8116　書籍販売部
8125　業　務　部

落丁本・乱丁本は業務部にご連絡くだされば、お取替えいたします。
ISBN978-4-334-79302-9　Printed in Japan

組版　萩原印刷

光文社時代小説文庫　好評既刊

鬼面斬り　鳥羽亮
幽霊舟　鳥羽亮
姫夜叉　鳥羽亮
兄妹剣士　鳥羽亮
ふたり秘剣　鳥羽亮
居酒屋宗十郎剣風録　鳥羽亮
獄門首　鳥羽亮
よろず屋平兵衛 江戸日記　鳥羽亮
姉弟仇討　鳥羽亮
斬鬼狩り　鳥羽亮
秘剣水鏡　戸部新十郎
秘剣龍牙　戸部新十郎
火ノ児の剣　中路啓太
いつかの花　中島久枝
なごりの月　中島久枝
ふたたびの虹　中島久枝
ひかる風　中島久枝

それぞれの陽だまり　中島久枝
はじまりの空　中島久枝
かなたの雲　中島久枝
あしたの星　中島久枝
刀圭　中島要
ひやかし　中島要
晦日の月　中島要
夫婦からくり　中島要
戦国はるかなれど（上・下）　中村彰彦
蛇足屋勢四郎　中村朋臣
忠義の果て　中村朋臣
野望の果て　中村朋臣
御城の事件〈東日本篇〉　二階堂黎人編
御城の事件〈西日本篇〉　二階堂黎人編
薩摩スチューデント、西へ　林望
裏切老中　早見俊
隠密道中　早見俊

光文社時代小説文庫　好評既刊

陰謀奉行　早見　俊
唐渡り花　早見　俊
心の一方　早見　俊
偽の仇討　早見　俊
踊る小判　早見　俊
お蔭騒動　早見　俊
夕まぐれ江戸小景　平岩弓枝監修
口入屋賢之丞、江戸を奔る　平谷美樹
隠密旗本　福原俊彦
隠密旗本　荒事役者　福原俊彦
隠密旗本　本意にあらず　福原俊彦
彼岸花の女　藤井邦夫
田沼の置文　藤井邦夫
隠れ切支丹　藤井邦夫
河内山異聞　藤井邦夫
政宗の密書　藤井邦夫
家光の陰謀　藤井邦夫

百万石遺聞　藤井邦夫
忠臣蔵秘説　藤井邦夫
御刀番　左京之介　妖刀始末　藤井邦夫
来国俊　藤井邦夫
数珠丸恒次　藤井邦夫
虎徹入道　藤井邦夫
五郎正宗　藤井邦夫
備前長船　藤井邦夫
九字兼定　藤井邦夫
関の孫六　藤井邦夫
井上真改　藤井邦夫
小夜左文字　藤井邦夫
無銘刀　藤井邦夫
正雪の埋蔵金　藤井邦夫
出入物吟味人　藤井邦夫
阿修羅の微笑　藤井邦夫
将軍家の血筋　藤井邦夫

光文社時代小説文庫　好評既刊

陽炎の符牒　藤井邦夫
忍び狂乱　藤井邦夫
赤い珊瑚玉　藤井邦夫
神隠しの少女　藤井邦夫
冥府からの刺客　藤井邦夫
無惨なり　藤井邦夫
白浪五人女　藤井邦夫
白い霧　藤原緋沙子
桜雨　藤原緋沙子
密命　藤原緋沙子
すみだ川　藤原緋沙子
つばめ飛ぶ　藤原緋沙子
雁の宿　藤原緋沙子
花の闇　藤原緋沙子
螢籠　藤原緋沙子
宵しぐれ　藤原緋沙子
おぼろ舟　藤原緋沙子

冬桜　藤原緋沙子
春雷　藤原緋沙子
夏の霧　藤原緋沙子
紅椿　藤原緋沙子
風蘭　藤原緋沙子
雪見船　藤原緋沙子
鹿鳴の声　藤原緋沙子
さくら道　藤原緋沙子
日の名残り　藤原緋沙子
鳴き砂　藤原緋沙子
花野　藤原緋沙子
寒梅　藤原緋沙子
秋の蟬　藤原緋沙子
隅田川御用日記　雁もどる　藤原緋沙子
逃亡（上・下）新装版　松本清張
雨宿り　宮本紀子
始末屋　宮本紀子